Retrouvailles aux Fidji

MICHELLE SMART

Retrouvailles aux Fidji

Traduction française de

JULIETTE FUHS

AZUR

HARLEQUIN

Collection : Azur

Titre original :
A PASSIONATE REUNION IN FIJI

HARPERCOLLINS FRANCE
83-85, boulevard Vincent-Auriol, 75646 PARIS CEDEX 13
Service Lectrices — Tél. : 01 45 82 47 47

www.harlequin.fr

ISBN 978-2-2804-3638-0 — ISSN 0993-4448

1.

Livia Briatore monta les marches de la passerelle d'embarquement, le cœur battant. Dans un instant, elle allait le revoir. Déjà, le soleil se couchait sur Rome et l'obscurité environnante reflétait l'humeur sombre qui ne l'avait pas quittée ces derniers mois.

L'équipage du jet, le même que lorsqu'elle avait fait ce vol deux ans plus tôt, la salua avec chaleur en l'appelant par son nom d'épouse. Malgré leur réserve, elle devinait leurs questions muettes. Elle répondit à leurs saluts d'un sourire, et sentit les muscles de son visage se crisper douloureusement. Cela devait faire près de quatre mois qu'elle n'avait plus esquissé le moindre sourire.

L'angoisse qui s'insinuait dans chacun de ses pores lui donnait la nausée. Livia serra les dents et pénétra dans le jet luxueux qui devait la conduire aux îles Fidji. Vingt-six heures de voyage. Comment allait-elle survivre à cela ?

Aussitôt, l'odeur du cuir luxueux l'assaillit, bientôt suivie par le parfum frais et légèrement musqué de l'homme déjà installé dans l'un des quatre fauteuils de l'habitacle. Sans surprise, un ordinateur portable était ouvert devant lui.

La violence du choc la fit vaciller. Quatre mois qu'elle n'avait pas revu Massimo…

La première fois qu'elle était montée dans cet avion, l'impatience et l'excitation faisaient battre son cœur trop vite. Quand elle avait décollé de ce même aéroport, deux ans plus tôt, elle était ivre de bonheur. Aujourd'hui, il ne levait même pas les yeux de son écran pour la saluer ; à l'époque, il n'avait pas pu attendre la fin du décollage avant de l'entraîner dans la chambre pour lui faire passionnément l'amour.

Aujourd'hui, rien ne restait de cette passion qui les avait poussés à se marier un mois seulement après leur rencontre. Rien que des cendres et ce chagrin qui plombait son âme. Livia cligna des paupières pour refouler les souvenirs douloureux puis, le dos droit, elle se força à avancer. Elle avait fait une promesse et entendait la tenir, quoi qu'il lui en coûtât.

Sur chacun des côtés, deux fauteuils luxueux se faisaient face. Elle s'installa dans celui qui se trouvait dans la diagonale de Massimo. Comme il avait levé le paravent qui offrait un peu d'intimité à chaque passager une fois assis, elle ne voyait plus que ses chaussures, toujours impeccablement cirées. Dire qu'à une époque elle trouvait cette habitude adorable…

Livia attacha sa ceinture et croisa ses doigts pour ne pas se ronger les ongles. Elle avait dépensé une fortune pour une manucure, la veille, et les ongles en résine cachaient heureusement le peu qu'il restait des siens. Elle ne voulait pas que Massimo les voie dans cet état. Elle avait eu quatre mois pour tenter de panser ses plaies et retrouver un semblant de vie. Le résultat n'était pas enthousiasmant, mais il n'en verrait rien !

C'était l'unique point positif de son enfance : elle avait appris à survivre. Elle survivrait aussi aux quatre prochains jours. Après cela, elle n'aurait plus jamais à le revoir.

La voix du commandant résonna dans l'habitacle pour leur annoncer qu'ils étaient prêts pour le décollage. L'annonce sembla tirer Massimo du monde dans lequel il s'était enfermé. Il referma son ordinateur et abaissa la toile de tissu qui faisait paravent. Pour autant, il ne jeta pas un seul regard dans sa direction.

Livia, en revanche, percevait chacun de ses gestes. Apparemment, la conférence londonienne dont il avait été l'invité d'honneur plus tôt dans la journée valait la peine qu'il endosse un costume digne de ce nom, ce qui n'était pas peu dire pour un homme aussi anticonformiste que Massimo. Livia savait qu'il arrivait directement de Londres grâce à son assistante.

Ce n'est que lorsque l'appareil s'élança sur la piste de décollage qu'elle croisa pour la première fois les yeux noisette. Cela ne dura qu'un instant, pourtant son cœur manqua un battement. Sa beauté mâle avait toujours eu cet effet sur elle.

Elle connaissait le visage de Massimo depuis bien avant leur rencontre. Infirmière de son grand-père Jimmy, elle avait eu tout le loisir d'observer chaque membre de la famille Briatore dès qu'elle passait dans le salon du vieil homme. Son regard s'était toujours attardé sur le seul visage dont le sourire paraissait forcé. Un visage magnifique avec ses pommettes hautes, son nez droit et sa bouche au trait ferme. Un visage remarquable aussi par son aspect caméléon : il aurait tout aussi bien convenu à un travailleur dans le bâtiment qu'à un banquier ou un poète. En réalité, il appartenait à l'un des rares hommes de la planète à avoir amassé des milliards à partir de rien.

Peu importait sa fortune, elle aurait été attirée par ce visage de toute façon. Lorsqu'elle avait vu Massimo pour la première fois en chair et en os, dans l'église où sa sœur se mariait, Livia avait eu un choc physique. Brusquement, elle avait senti tout l'oxygène quitter son corps. Et la première fois qu'elle l'avait vu sourire, elle s'était sentie fondre. Parce que c'était elle qui l'avait fait sourire. Impossible aujourd'hui de se rappeler ce qu'elle avait bien pu dire.

Elle se souvenait parfaitement, en revanche, des longs regards troublés qu'ils avaient échangés tout au long de la cérémonie, chacun d'un côté de l'allée. Après la séance de photos, elle avait rejoint le bar de l'hôtel dans lequel la réception avait lieu et elle avait tout à coup senti une tension électrique dans l'air. Elle avait su, avant même de tourner la tête, qu'il était là. Pour elle. Sa langue, d'ordinaire si agile, ne lui était plus d'aucune utilité. Elle avait sans doute dû raconter n'importe quoi pour cacher son émoi et l'une de ces idioties l'avait fait sourire. Le malaise avait disparu dans l'instant et ils s'étaient mis à discuter comme s'ils se connaissaient depuis des années.

Tout cela pour en arriver à ne plus pouvoir échanger un regard ! Comment allaient-ils traverser l'épreuve d'un week-end entier avec sa famille, pour fêter le quatre-vingt-dixième anniversaire de son grand-père comme s'ils étaient toujours aussi amoureux ?

Massimo regarda les lumières de Rome disparaître à travers les nuages et tenta de dissiper les pensées qui lui obscurcissaient l'esprit. Quand il avait accepté cette invitation, à Londres, il lui avait paru logique de passer ensuite par Rome pour prendre Livia avant de partir pour les Fidji.

Comme un idiot, il s'était imaginé qu'après quatre mois sans se voir la retrouver ne lui ferait ni chaud ni froid. Après tout, elle ne lui avait pas vraiment manqué. Il n'avait pas eu le temps pour cela. Sans le fardeau d'une épouse au tempérament volcanique qui réclamait toute son attention, il avait pu se consacrer à son travail, comme il l'avait toujours fait avant qu'elle débarque dans sa vie et la bouleverse de fond en comble.

Le jour où elle était partie, il avait enfin fait installer un lit dans son bureau – idée qui suffisait à la faire sortir de ses gonds pendant leur mariage. Il y avait dormi la plupart des nuits depuis. C'était nettement plus confortable que le canapé, les nombreux soirs où il finissait trop tard pour rentrer.

Quoi qu'il en soit, Massimo n'avait pas anticipé les réactions physiques qui s'étaient produites en lui dès son arrivée dans sa ville natale. Il se sentait fébrile depuis que l'avion s'était posé à Rome. Et puis elle était apparue… Depuis, il avait la sensation que toutes les cellules de son corps s'étaient soudain réveillées.

Au temps pour son prétendu pragmatisme ! Pourquoi n'avait-il pas proposé qu'elle aille jusqu'à Los Angeles où un arrêt était prévu pour faire le plein ? Ils se seraient retrouvés là-bas, ce qui lui aurait épargné une partie des vingt-six heures qu'il leur faudrait pour traverser la moitié de la planète !

À mesure que la pression augmentait à l'approche de Rome, il avait imaginé tous les prétextes, aussi absurdes soient-ils, pour ne pas l'emmener. Hélas, aucun ne tenait.

Pour fêter son quatre-vingt-dixième anniversaire, son grand-père avait décidé de faire une croisière de Rome jusqu'aux Fidji, accompagné d'une partie de sa famille et d'une armée de soignants. Il était arrivé à destination trois jours plus tôt. En phase terminale de son cancer, Jimmy voulait plus que tout célébrer ce qui serait son dernier anniversaire sur la petite île des Fidji où il avait vu le jour et qu'il avait quittée à l'âge de vingt-deux ans. Pour l'occasion, il avait insisté pour avoir toute sa famille autour de lui, or, Jimmy aimait Livia comme une petite-fille. D'ailleurs, la seule chose qu'il avait regrettée lorsqu'elle s'était mariée avec Massimo était de perdre l'infirmière si dévouée qui l'avait aidé à mener son premier combat contre le cancer. Quels que soient ses propres sentiments envers son étrange épouse, il ne doutait pas que Livia aimait sincèrement Jimmy.

— Tu comptes passer tout le vol à m'ignorer ?

Massimo serra les dents lorsque le ton tranchant de Livia le tira de ses réflexions. Elle avait parlé dans leur italien natal, de cette façon directe qu'il avait tant admirée au début de leur relation mais qui avait fini par envenimer toutes leurs discussions. Livia était toujours franche. Si quelque chose lui avait déplu, elle s'assurait qu'on ne puisse l'ignorer. Or, l'objet de ses tourments avait longtemps été Massimo.

Quand elle lui avait annoncé qu'elle le quittait, il n'avait pas été surpris, mais soulagé. Son mariage avec Livia était devenu une véritable guerre. Et elle se demandait pourquoi il passait tant de temps au bureau ? Les nuits où il rentrait chez eux les derniers mois, elle lui tournait ostensiblement le dos !

Massimo déglutit avant de tourner enfin le regard vers elle. Aussitôt, il sentit sa gorge se serrer à nouveau devant le spectacle qu'elle offrait. Ses magnifiques cheveux, d'un brun soutenu, tombaient à présent en boucles légères jusqu'à ses épaules alors qu'elle les avait toujours portés jusqu'au bas du dos. Elle en avait également éclairci la teinte, quelques mèches miel se mêlant à sa couleur naturelle.

— Tu as coupé tes cheveux, marmonna-t-il.

Livia n'était sans doute pas la plus belle femme du monde, cependant, il l'avait toujours trouvée époustouflante avec son corps sublime et son rire sensuel.

C'est son rire qu'il avait entendu avant même de la voir. Intrigué, il avait cherché dans l'assemblée qui riait ainsi. Quand il l'avait repérée, il avait senti son monde s'écrouler d'un seul coup. Subjugué, il avait saisi la première occasion pour lui parler et avait découvert avec émerveillement son esprit acéré et curieux.

Ses grands yeux sombres si expressifs s'élargirent un instant, puis elle émit un petit rire froid.

— C'est tout ce que tu trouves à dire ?

Sans attendre sa réponse, elle se leva. Ses lèvres étaient serrées lorsqu'elle passa devant lui avant de claquer la porte des toilettes un instant plus tard. Massimo se passa une main sur la mâchoire et s'efforça de prendre une bouffée d'oxygène.

Livia s'assit sur la cuvette fermée des toilettes et serra les bras autour de ses genoux. Elle ne voulait pas verser une larme de plus pour cet homme. Elle avait tant pleuré pour lui qu'elle avait cru son âme asséchée. Elle s'était trompée…

Massimo ne l'avait jamais aimée. Voilà ce qu'elle devait garder à l'esprit. Hélas, *elle* l'avait aimé sincèrement, follement, profondément. En retour, il l'avait brisée. Le plus horrible dans toute cette histoire, c'était qu'il n'en avait même pas conscience !

Livia prit trois grandes inspirations en fermant les yeux. Elle l'avait aimé, certes, mais aujourd'hui, elle ne l'aimait plus. Il était tout à fait normal que des bribes de ses anciens sentiments perdurent dans son cœur, ce n'était pas pour autant qu'ils étaient toujours réels. Elle n'était ici que pour honorer la promesse qu'il lui avait arrachée le jour où il l'avait laissée partir sans même tenter de se battre pour la garder. Il *voulait* la voir partir.

Après trois nouvelles inspirations, elle releva le menton. Elle était Livia Briatore, née Livia Esposito, fille de Pietro Esposito, membre le plus estimé du clan de Don Fortunato, et son bras droit jusqu'à ce que son père se fasse assassiner alors qu'elle n'avait que huit ans. Elle avait grandi dans le quartier du Secondigliano, au milieu des trafics de drogue et de la violence. Aussi avait-elle appris dès son plus jeune âge à ne jamais montrer sa peur, ni d'ailleurs aucune émotion qui puisse trahir la moindre faiblesse.

Lorsqu'elle avait fui Naples pour poursuivre ses études d'infirmière à Rome, elle avait dû apprendre à se défaire de tous ses réflexes de survie dans un monde hostile. C'était comme s'il lui avait fallu réapprendre à respirer. Baisser sa garde n'avait pas été une mince affaire – elle avait passé tant d'années à se montrer vigilante qu'il lui en avait fallu presque autant pour cesser de le faire. Cependant, elle était parvenue à se construire une nouvelle vie et la joie qu'elle en avait tirée compensait largement l'anxiété que sa séparation avec ses frères et sa sœur avait provoquée en elle. Peu à peu, elle avait appris à rire, à profiter de chaque instant. Et avec Massimo, elle avait appris à aimer.

Mais ses anciennes barrières protectrices n'étaient jamais tout à fait tombées. Tant mieux… Elle en aurait besoin pour se protéger de son propre cœur imbécile au cours des prochains jours.

Elle revint à son siège et remarqua, sans surprise, que Massimo s'était remis au travail. Cette fois, il daigna lever les yeux de son écran pour annoncer :

— Je nous ai commandé un café. Tu veux quelque chose à manger ?

— J'ai déjà mangé, répondit-elle d'un ton poli mais froid.

Inutile de préciser qu'elle n'avait pu avaler qu'une moitié de toast en sachant qu'elle allait le revoir. Cette perspective avait définitivement mis à mal le fragile équilibre qu'elle était parvenue à retrouver ces quatre derniers mois.

Comme ils étaient coincés dans un avion pour des heures, elle se força à demander :

— Comment vas-tu ?

— Je suis très occupé, en ce moment.

Livia enfonça ses faux ongles dans sa cuisse. *Occupé.* Elle haïssait ce mot. Celui qu'il utilisait toujours pour justifier ses absences.

— Trop occupé pour arrêter de travailler cinq minutes et me parler après quatre mois de silence ? lança-t-elle, cinglante.

— J'ai un fichier de données à analyser.

Deux ans plus tôt, il lui aurait expliqué en quoi consistaient les données en question, parce qu'il aurait supposé – à raison – qu'elle trouverait le sujet intéressant. La façon dont son cerveau brillant fonctionnait n'avait jamais cessé de l'étonner.

Au cours de ses études, il avait créé une plate-forme de jeux en ligne qui avait révolutionné l'univers du jeu virtuel. Il avait vendu sa création pour deux cents millions de dollars juste après avoir obtenu son diplôme. Avec cet argent, il avait déménagé aux États-Unis pour y lancer sa propre compagnie, Briatore Technologies, tout en suivant un doctorat en physique énergétique, puis un deuxième en physique appliquée et sciences des matériaux. Son entreprise employait aujourd'hui des milliers de personnes à travers le monde, pour créer des solutions écologiques et réduire l'empreinte carbone. Si, au passage, il avait gagné une fortune, c'était presque accidentel. Voilà qui était Massimo Briatore, un homme en mission pour sauver la planète, milliardaire désintéressé, inventeur génialissime et bourreau de travail.

Il lui aurait été si facile de l'écraser de son intelligence, pourtant, il ne l'avait jamais fait. Il lui expliquait patiemment – sans jamais tomber dans la condescendance – tout ce qu'elle ne comprenait pas. Or, quand il s'agissait de son travail, elle ne comprenait pas grand-chose ! Livia se souvenait de son visage qui s'éclairait quand elle saisissait les subtilités d'un sujet complexe comme le fonctionnement d'une batterie au lithium ou la façon dont on pouvait capter le carbone.

Elle avait été tellement émerveillée que cet homme beau, intelligent, riche et couronné de succès paraisse fasciné par elle qu'elle n'avait pas vu ses immenses lacunes émotionnelles.

Hélas, une fois sa passion apaisée, il était retourné s'enfermer dans son univers de chiffres et de performances. Livia aurait tant voulu savoir ce qu'elle avait fait pour l'inciter à se détourner d'elle, hélas, à chaque fois qu'elle avait tenté de le faire parler, il était rentré un peu plus dans sa coquille.

Dans la cabine de l'avion, le silence, interrompu seulement par le tapotement des doigts de Massimo sur son ordinateur, devenait plus oppressant de seconde en seconde. Du coin de l'œil, elle l'observa. Il fronçait légèrement les sourcils, comme il le faisait toujours quand il était concentré. Pourquoi fallait-il qu'il soit aussi beau ? Cependant, elle nota quelques changements en lui : des fils blancs dans sa chevelure noire, tout près des tempes, qui n'y étaient pas auparavant. Les cernes autour de ses yeux, comme s'il avait aussi abandonné l'idée de dormir. Non qu'il ait jamais beaucoup dormi, de toute façon. Son cerveau était bien trop actif pour consacrer plus de quelques heures au sommeil. Livia se força à faire taire l'inquiétude que tous ces petits signes éveillaient en elle. À trente-six ans, il était assez grand pour ne pas prendre soin de lui si ça lui chantait.

Les yeux de Massimo n'avaient pas lâché l'écran. Soudain, elle n'y tint plus. Elle se leva d'un bond, marcha jusqu'à lui et ferma brusquement ce maudit ordinateur.

2.

Massimo posa une main sur son portable pour empêcher Livia de le jeter par terre.

— Je peux savoir ce qui te prend ? s'écria-t-il.

Elle avait beau être petite, elle avait toujours eu une présence impressionnante. En cet instant, debout au-dessus de lui, elle semblait magnifiée par sa colère.

— Nous sommes en vol depuis une heure et tu ne m'as pas adressé plus de dix mots !

— Trente-neuf, corrigea-t-il sèchement.

— Et maintenant, en plus d'être grossier, voici que tu es méprisant !

Elle prit une inspiration heurtée et reprit plus calmement :

— Comment sommes-nous supposés convaincre ton grand-père et le reste de ta famille que nous sommes toujours ensemble si tu fais comme si je n'existais pas ?

— Je ne fais rien de tel. Ce travail est essentiel… Lundi, nous devons lancer le prototype de…

— Je m'en moque ! s'exclama-t-elle. Je me moque de savoir sur quelle nouvelle invention vitale tu travailles ! Ma présence ici est un service que je te rends, pour ton grand-père. Le moins que tu puisses faire, c'est de me traiter avec un peu de respect.

— Si je t'ai manqué de respect, je m'en excuse, dit-il avec raideur en ravalant des paroles dures.

À quoi s'attendait-elle ? C'était elle qui avait tourné le dos à leur mariage, pas lui ! C'était elle qui lui avait ri au nez quand il avait suggéré qu'ils aient un enfant ! Quel comportement s'attendait-elle à le voir adopter avec elle ?

Il l'avait retrouvée depuis une heure et le cercle vicieux reprenait déjà. Dès qu'elle était dans les parages, il perdait tous ses moyens. Se concentrer sur les chiffres qui s'alignaient sur son écran était la seule solution qu'il avait trouvée pour ne pas devenir fou. Livia avait toujours eu le mystérieux pouvoir de faire naître en lui des émotions qui n'avaient aucune place dans son monde… Et c'était dangereux.

— Je ne veux pas de tes excuses, elles ne sont jamais sincères !

Cette accusation n'avait rien de neuf et annonçait généralement une flambée de colère plus intense quand il refusait de la suivre dans cette voie. Massimo détestait les disputes inutiles qu'il considérait comme une perte d'énergie. Quand elle refusait d'entendre raison, il préférait s'éloigner. Hélas, en plein vol, comment fuir ?

Il avait toujours été fier de sa capacité à garder la tête froide quand tout le monde autour de lui la perdait. Il inspira lentement et regarda son beau visage tendu par la fureur.

— J'aurai terminé avant que nous atterrissions à Los Angeles. Nous pourrons passer tout le temps entre LA et les Fidji à discuter, si c'est ce que tu souhaites.

— Merveilleux ! Tu vas me faire l'insigne honneur de me parler si c'est ce que *je* souhaite. Merci, tu es trop aimable !

Elle croisa les bras sur sa poitrine, ce qui eut pour effet de souligner ses seins magnifiques. Elle ne l'avait pas fait délibérément – toute intimité amoureuse était morte entre eux bien avant qu'elle porte un coup fatal à leur mariage – mais il réagit aussitôt. Même habillée comme elle l'était en ce moment, d'un jean et d'un col roulé noir, ses courbes féminines étaient très tentantes.

La première fois qu'il lui avait fait l'amour, il avait cru

être au paradis. Il avait été stupéfait et ému de la découvrir encore vierge. Comment imaginer qu'une femme de vingt-quatre ans dotée de tant d'assurance et de sensualité n'ait jamais couché avec un homme ? Être le premier à lui faire l'amour l'avait bouleversé.

Avant elle, le sexe n'avait jamais été un besoin essentiel à ses yeux. D'adolescent maigrichon, il s'était transformé rapidement en l'homme qu'il était aujourd'hui. En l'espace de quelques mois, les femmes s'étaient mises à se jeter à ses pieds, phénomène qui n'avait fait qu'empirer à mesure que sa fortune augmentait. Quand il était d'humeur, il les contentait. Pour autant, il avait toujours considéré le sexe comme une diversion satisfaisante quoique futile. Livia était la première avec laquelle il avait partagé une véritable intimité. Au début de leur relation, ils étaient incapables, l'un comme l'autre, de refréner leurs élans.

Pour la première fois de son existence, Massimo avait été consumé par le désir. D'ailleurs, il n'avait pas choisi de perdre cette intimité. Seulement, leur union s'était tellement dégradée que, les nuits où il rentrait, ils s'endormaient dos à dos. Au bout d'un moment, il n'avait plus supporté de se sentir tout le temps rejeté par sa propre femme, alors il avait délibérément étouffé toute libido. Du moins, c'est ce qu'il avait cru… Jusqu'à ce qu'il la revoie après des mois.

Avait-elle pris un amant ? La douleur était si insoutenable qu'il ferma un instant les paupières. Même si c'était le cas, cela ne le regardait pas. Elle n'était plus sa femme, plus vraiment. Sans son grand-père, ils auraient déjà divorcé.

— Quand as-tu vu ton grand-père la dernière fois ? lança-t-elle abruptement, l'arrachant de nouveau à ses pensées.

Enfin, elle avait attiré son attention. Livia ne ressentit qu'une satisfaction fugace en voyant les yeux de Massimo se poser sur elle.

— Pourquoi cette question ?

Au début de leur union, Livia avait espéré que son nouveau statut de mari l'inciterait à voir davantage sa famille. Mais rien ne s'était passé comme elle l'espérait. En deux ans de mariage, ils avaient passé un Noël dans la famille de Massimo. Rien de plus. Livia faisait seule les voyages de leur maison à Los Angeles jusqu'en Italie pour rendre visite à son plus jeune frère, Gianluca, mais aussi à sa famille à lui, qu'elle adorait. Depuis leur séparation, elle avait continué ses visites. Ils étaient tellement habitués à la voir seule que l'absence de Massimo n'avait pas été remarquée.

De toute façon, ils étaient tous accaparés par la naissance de la fille de Madeline, la sœur de Massimo. En prenant la petite Elizabeth dans ses bras, Livia avait ressenti une peine immense devant le gâchis de son mariage.

Malgré son cœur brisé, elle avait su tenir son rôle à la perfection, puisque, jusque-là, ni les Briatore ni les Esposito ne se doutaient qu'elle était de retour en Italie. Quand ils lui posaient des questions sur Massimo, elle répondait qu'il était pris par le travail. Personne ne cherchait à aller au-delà puisqu'il ne prenait que rarement la peine d'envoyer un message à sa famille et n'avait même jamais rencontré sa nièce. Pendant les neuf mois où elle s'était occupée de Jimmy en tant qu'infirmière, Massimo n'avait pas rendu visite à son grand-père une seule fois. Il était soi-disant trop occupé pour revenir régulièrement. Une fois mariée, elle en était arrivée à la conclusion que son agenda, certes chargé, ne l'empêchait pas de passer du temps avec sa famille. La vérité était plus simple : il n'en avait tout simplement pas envie.

Quoi qu'il en soit, elle avait hâte de pouvoir enfin annoncer à sa famille qu'ils étaient séparés.

— Parce que, quand je l'ai vu la veille de son départ pour les Fidji, il s'est plaint de ne pas avoir de nouvelles de toi.

— Je l'ai appelé quand il était sur le bateau. Il avait l'air d'aller bien.

Déjà, son regard retournait à son écran.

— Il ne va pas bien.

— Je le *sais*, merci.

Livia avait été dévastée de voir combien le vieil homme, toujours énergique et plein de vie, était devenu frêle. L'homme qui avait mené une rude et courageuse bataille lors de son premier diagnostic de cancer n'était plus que l'ombre de lui-même. Tout serait désormais une dernière fois pour lui.

— Dans ce cas, tu comptes passer du temps avec lui ce week-end ?

— Oui.

Inutile de préciser que voir Massimo était le souhait le plus cher de Jimmy. C'était aussi le rêve de ses parents.

Massimo, en revanche, semblait estimer que leur donner de l'argent suffisait. Quand il avait fait fortune, il avait acheté à chaque membre de sa famille une maison et une voiture. C'est lui qui avait payé les traitements de Jimmy, ainsi que les honoraires de Livia qui était là pour le veiller nuit et jour. Puis il avait acheté l'île d'où venait son grand-père et avait dépensé une fortune pour y construire un immense complexe qui puisse accueillir toute la famille. Il avait bien évidemment payé la croisière vers les Fidji en louant un paquebot pour leur seul usage. En dépit de sa générosité, il demeurait hélas aveugle au fait que sa famille aurait mille fois préféré sa présence à ses cadeaux démesurés. Il ne semblait pas se rendre compte que son grand-père n'avait plus beaucoup de temps devant lui.

— Donc, tu as l'intention d'éteindre téléphone et ordinateur pour le week-end ?

— Tu sais que je ne peux pas faire ça.

— Je sais que tu ne *veux* pas le faire.

— Nous parlerons de cela plus tard…

Livia se contenta de lui adresser un sourire moqueur.

— Évidemment. Tout est toujours « plus tard », avec toi.

Sans avertissement, Massimo abattit son poing sur la table devant lui, la faisant sursauter.

— Et tout doit toujours être tout de suite, avec toi ! Je t'ai dit que nous pourrions parler une fois que j'aurais terminé ce travail, mais, comme toujours, tu n'écoutes pas. Si tu ne peux pas faire preuve d'un peu de patience le temps que je finisse, je te suggère d'aller dans la chambre.

Malgré la brusque pâleur de Livia, Massimo refusait de se sentir coupable. Elle se leva lentement pour le toiser et déclara en détachant chaque syllabe :

— Si quelqu'un a un problème pour écouter, ici, c'est toi. En dehors de ton travail, tu te fiches de tout. Tu ne m'as pas vue depuis quatre mois et tu n'as même pas pris la peine de me demander comment j'allais. Si j'avais eu le moindre doute sur notre séparation, une heure avec toi aura suffi à me prouver que j'ai pris la bonne décision. Tu ne t'es jamais soucié de moi. Tu ne t'es jamais soucié de personne, d'ailleurs.

Malgré lui, Massimo fut troublé par son émotion palpable. Livia était un étrange mélange de force et de vulnérabilité. Sa dureté l'empêchait de reculer dans une dispute, mais sa vulnérabilité faisait qu'elle était facilement blessée. Il n'avait jamais su quels mots prononcer pour réparer les blessures qu'il lui infligeait sans le vouloir. À force, il avait fini par arrêter d'essayer.

Furieuse, Livia disparut derrière le paravent de protection de son siège. Il poussa un soupir de soulagement en se frottant les yeux. Il n'avait pas fermé l'œil depuis vingt-quatre heures et l'épuisement le guettait. Il appela l'hôtesse et commanda un café pour tenir jusqu'à ce qu'il ait fini cette fichue analyse. Ensuite, il pourrait enfin prendre quelques heures de repos. Si Livia le laissait faire…

Les lignes de données se brouillaient sous ses yeux. Sa tête était incroyablement lourde. Ses pensées dérivèrent malgré lui vers les premiers jours de leur mariage, quand il était persuadé que rien ne pourrait jamais se dresser entre eux. De fait, rien n'était venu entre eux, rien sinon eux-mêmes.

Livia tenta de se concentrer sur le film qu'elle avait choisi. Cependant, le scénario ne parvenait pas à percer le brouillard de son esprit. Même à plein volume, le son ne couvrait pas le bruit des doigts de Massimo sur le clavier.

Comment en étaient-ils arrivés là ? Comment une relation née d'une telle passion, qui leur avait procuré un tel bonheur, pouvait-elle se désintégrer de la sorte ?

L'hôtesse s'approcha pour lui demander si elle avait besoin de quoi que ce soit.

— Je veux bien une couverture, merci, répondit-elle.

L'air climatisé était toujours trop froid pour elle. Quand l'hôtesse lui apporta la couverture, une minute plus tard, Livia prit soudain conscience du silence qui régnait dans la cabine. Elle baissa le paravent et découvrit Massimo endormi, son ordinateur ouvert devant lui, l'une de ses mains posée près du clavier. Elle sentit sa poitrine se serrer d'émotion en contemplant le beau visage de l'homme qu'elle avait tant aimé.

Ses ancêtres fidjiens se devinaient davantage sur ses traits que sur ceux de sa sœur : il avait le teint foncé et des cheveux d'ébène magnifiques. Ils avaient passé tant de moments merveilleux, pelotonnés sur le canapé, la tête de Massimo sur ses genoux. Elle passait les doigts dans ses cheveux en écoutant sa voix profonde et riche. Ces instants magiques étaient sans aucun doute ce qu'elle avait connu de plus paisible dans son existence.

Sans même s'en rendre compte, elle s'était levée pour s'approcher de lui. Il respirait profondément. Livia drapa la couverture sur ses genoux. Comme elle observait les larges cercles sombres autour de ses yeux, elle se demanda depuis combien de temps il n'avait pas fait une nuit correcte. Ou mangé un repas digne de ce nom.

L'envie de tendre la main pour caresser sa peau dorée était si forte que ses doigts n'étaient plus qu'à quelques centimètres de sa peau lorsqu'elle interrompit son geste. Son cœur battait si fort dans sa poitrine qu'elle en eut le souffle coupé un instant. Elle ramena sa main contre son ventre, et recula précipitamment.

Massimo cligna des paupières, désorienté. Son ordinateur s'était mis en veille. Bon sang ! Il s'était endormi ! Il se leva pour étirer ses jambes et sentit quelque chose tomber à terre. Stupéfait, il découvrit une couverture à ses pieds.

Il tourna la tête vers Livia. Son paravent était toujours levé, aussi ne pouvait-il que deviner sa silhouette.

— Est-ce que c'est toi qui as mis cette couverture sur moi ?

Ses mots sonnaient comme une accusation. Savoir qu'elle avait été si proche de lui le troublait.

— Pardon, tu m'as parlé ? demanda-t-elle en retirant ses écouteurs.

Avant qu'il puisse répondre, le commandant annonça :

— Nous allons atterrir dans une dizaine de minutes.

Massimo écarquilla les yeux, interdit.

— Combien de temps ai-je dormi ?

Elle haussa les épaules, l'air indifférent. Avec un juron, il se rassit. C'était elle qui lui avait mis cette couverture, il en était convaincu. Ce qu'il ne savait pas, en revanche, c'est si c'était ce geste ou son retard qui le mettait dans cet état de rage. Il se sentait près d'exploser alors qu'elle feignait la nonchalance.

Avec l'atterrissage imminent, il n'avait d'autre choix que de fermer son ordinateur et ranger ses affaires. Il était conscient de chaque geste de Livia qui rangeait elle aussi son espace en prenant grand soin d'éviter de le regarder. Vivement qu'ils arrivent à Los Angeles !

Ils n'échangèrent plus un mot jusqu'à ce que l'avion touche terre. Impatient d'échapper à cette atmosphère confinée, oppressante, Massimo attrapa sa sacoche et se leva… pour se retrouver face à Livia, les bras serrés sur son sac, visiblement aussi pressée que lui de s'échapper. Il s'écarta d'un pas vers la gauche, mais elle fit le même mouvement vers sa droite. Leurs yeux se rencontrèrent, juste une seconde, mais cela suffit à Massimo pour lire la peine qu'elle était devenue experte à lui cacher. Il sentit un nouveau coup le frapper au cœur.

La seconde suivante, elle baissa les yeux, murmura un « pardon » et passa près de lui. Massimo déglutit péniblement avant de quitter le jet à son tour.

3.

Deux heures après leur atterrissage à Los Angeles, l'avion était prêt à décoller pour la deuxième partie de leur voyage vers les îles Fidji. Livia fut la première à remonter à bord après avoir reçu un message de l'équipage.

Massimo avait dû aller travailler dans le salon réservé aux membres VIP. De son côté, elle avait profité de ce temps libre pour se promener dans l'aéroport. Elle avait vainement tenté de rappeler Gianluca, son plus jeune frère, qui n'avait pas répondu à ses derniers messages. Contrairement à la plupart des visiteurs de passage, Livia n'avait eu aucune envie de faire un tour dans la ville. En fait, respirer l'air de LA suffisait à la replonger dans l'atmosphère étouffante des derniers mois de son mariage.

Elle haïssait Los Angeles. Elle haïssait toute la Californie. Elle n'avait jamais aimé y vivre. Bien sûr, au début, elle avait apprécié la nouveauté. Comparée à Naples ou Rome, Los Angeles était immense. Tout était plus grand. Même le soleil qui brillait sans cesse paraissait plus large et lumineux.

Cependant, très vite, la solitude avait envahi chaque aspect de son existence. Elle n'avait aucun ami à LA et aucun moyen de s'en faire. Si Massimo parlait un anglais parfait, le sien était tout juste passable. De toute manière, leur immense villa de verre et de bois était à quarante kilomètres du centre-ville. Massimo tenait à sa vie privée, aussi avait-il pris soin de faire construire son foyer loin des regards curieux. Résultat, ils n'avaient aucun voisin. Les seules personnes qu'elle voyait étaient le personnel de la maison, qui ne parlait qu'espagnol et anglais. Très vite, Livia avait souffert du mal du pays. Massimo n'avait pas compris. Il n'avait même pas essayé de comprendre.

Après les annonces d'usage, l'avion décolla pour son second coucher de soleil de la journée. Sensation étrange… Elle aurait dû dormir quelques heures lors du premier vol, mais elle en avait été incapable, tant son esprit était troublé par les retrouvailles douloureuses avec Massimo.

Épuisée, elle bâilla avant de jeter un regard discret vers lui. Il avait relevé le paravent mais elle pouvait encore l'entendre taper sur son clavier. Encore une fois, il évitait la discussion… Au temps pour ses promesses.

Un membre de l'équipage lui apporta une couette moelleuse et des oreillers. Pendant que Livia allait enfiler un pyjama et se laver les dents dans le cabinet de toilette, le steward abaissa son dossier pour transformer le fauteuil en lit.

Son esprit s'égara vers la chambre à coucher du jet et son grand lit confortable. Ils avaient passé des heures merveilleuses ici, se rappela-t-elle, la gorge serrée.

Massimo était en train d'étirer son dos douloureux quand Livia revint dans la cabine principale. Sans maquillage et en pyjama, elle semblait plus jeune. Plus vulnérable, aussi. Les épines autour de son cœur s'enfoncèrent un peu plus.

— Je vais prendre un dernier verre avant de dormir, tu en veux un aussi ?

L'étonnement traversa ses grands yeux.

— Tu as fini ?

Il hocha la tête.

— Je suis désolé que ça ait pris si longtemps. Je ne voulais pas m'endormir, tout à l'heure.

Ses lèvres s'ourlèrent à peine d'un minuscule sourire.

— Je t'aurais réveillé, mais tu avais l'air vraiment épuisé.

C'est elle qui avait l'air épuisé. Une bonne nuit de sommeil lui ferait du bien.

— Pourquoi tu n'irais pas dormir dans notre lit ?

Le « notre » lui avait échappé et il jura intérieurement. Cette fois, il était certain de l'avoir vue frissonner.

— Je serai très bien ici, merci. Tu devrais le prendre, toi, tu n'as dormi que deux heures.

Les seules fois où il entrait dans la chambre du jet depuis qu'elle était partie, c'était pour utiliser la douche. Dormir dans le lit qu'il avait partagé avec elle… L'idée le rendait malade. Lire la même répugnance dans ses yeux à elle ne fit qu'augmenter son trouble.

Il s'approcha du bar et en sortit une bouteille de son bourbon favori avec deux verres. Un instant plus tard, l'hôtesse apporta un seau rempli de glaçons. Massimo le lui prit des mains et lança un regard interrogateur à Livia. Après une seconde d'hésitation, elle hocha la tête. Tandis que l'hôtesse tamisait les lumières avant de quitter la cabine, il leur servit un verre et tendit le sien à Livia. Elle murmura un remerciement en évitant de croiser son regard ou d'effleurer ses doigts.

Si près d'elle, il percevait l'odeur fleurie, très discrète, de son parfum qu'il adorait. Est-ce qu'un autre homme avait eu la chance, depuis leur séparation, de sentir ce délice ?

Assise sur le lit, Livia sirota une gorgée de bourbon. Comme elle esquissait un mouvement, il aperçut ses seins dans l'échancrure de son haut en soie. Le pyjama, choisi pour couvrir le plus de peau possible, n'avait rien de sexy, mais le tissu fluide mettait parfaitement en valeur les courbes qui l'avaient toujours rendu fou, et il lui fallut faire preuve de beaucoup de volonté pour garder les yeux rivés sur son visage.

Malheureusement, son visage le rendait aussi fou de désir que son corps. Pour lui, elle incarnait la folie à l'état pur.

Après un bref silence, elle demanda :

— Vas-tu dormir un peu ?

Il haussa les épaules et avala une grande rasade d'alcool.

— Si j'y arrive.

L'alcool devrait aider. S'il en avalait assez, peut-être pourrait-il obtenir quelques heures de répit, il en aurait bien besoin pour détourner un moment ses pensées de Livia.

— Combien de temps de vol reste-t-il avant que nous atteignions les îles Fidji ?

Il vérifia sa montre.

— Encore neuf heures avant l'atterrissage à Nadi.

— Et de là, nous aurons un autre vol ?

Livia connaissait déjà la réponse à cette question, mais les lumières tamisées semblaient avoir drastiquement réduit les dimensions de la cabine où régnait une dangereuse atmosphère d'intimité.

Depuis toute petite, elle avait peur du noir. Le quartier napolitain du Secondigliano était dangereux à la lumière du jour, et bien davantage la nuit… Le danger qui la guettait maintenant était certes très différent de ceux qu'elle avait dû affronter dans son enfance, mais pas moins périlleux. Dans les ombres mouvantes, le visage sculptural de Massimo se parait d'une séduction diabolique infiniment troublante.

— J'ai réservé un petit Cessna pour nous conduire jusqu'à l'île de Seibua une fois arrivés à Nadi.

— Tu as enfin obtenu le changement de nom de l'île ?

Une fois propriétaire de la minuscule île, Massimo avait entrepris les démarches pour lui donner le nom de famille de son grand-père.

— Apparemment, la demande a été acceptée.

Il termina son verre et s'en resservit aussitôt un autre avant de lever la bouteille vers elle en une interrogation muette. Elle secoua la tête. Boire trop avait tendance à délier sa langue, qui n'en avait pas franchement besoin, elle était la première à le reconnaître. Sans compter que l'ivresse atténuait ses inhibitions.

— Quand ta famille est-elle arrivée là-bas ?

— Il y a trois jours.

— Et toi, as-tu déjà visité l'île ? Tu as vu les travaux finis ?

— Je n'ai pas eu le temps, non.

Le complexe qu'il avait fait construire était assez grand pour accueillir toute la famille élargie et leurs amis quand ils le voulaient. La seule condition était qu'ils gardent les lieux intacts. Lui n'en profiterait sans doute pas, sa définition des vacances consistant à prendre un dimanche de liberté une fois de temps en temps.

Dire qu'il avait payé une somme astronomique pour l'acquisition de cette île, puis pour la construction du complexe, sans jamais vraiment s'impliquer ! Dans les mois qui avaient précédé son départ, Livia avait validé les premiers plans tandis que Massimo y avait à peine jeté un œil. Il n'avait participé que pour concevoir l'aménagement de ce qui aurait dû être leur cottage.

Inutile, toutefois, de faire la moindre remarque. Cela ne ferait que relancer une conversation qui finissait immanquablement en dispute. Face au refus de Massimo de s'engager dans la confrontation, elle se mettrait en colère et lui quitterait la pièce en la laissant bouillonnante de rage.

S'il voulait dépenser sa fortune dans des projets dont il ne profitait jamais, grand bien lui fasse ! Et s'il voulait continuer de tenir sa famille à distance, tant pis pour lui. Ses choix ne la regardaient plus.

Elle ferait mieux de se préoccuper de Gianluca. Son petit frère avait huit ans de moins qu'elle et il pouvait encore être sauvé. Restait à savoir s'il aurait le courage de saisir la main que lui tendait Livia pour la rejoindre et quitter l'univers de violence et de drogue des Esposito. Il était déjà trop tard pour son frère aîné, Pasquale, qui avait suivi les traces de leur père et tenait une position élevée dans les rangs de Don Fortunato. Trop tard aussi pour sa sœur, Denise, qui avait épousé l'un des amis de Pasquale, tout aussi ambitieux. Elle était enceinte de leur deuxième enfant.

Bien sûr, la porte de Livia leur était toujours ouverte, à eux comme à leur mère. Toutefois, elle ne gardait de l'espoir que pour Gianluca. Il pouvait encore se construire une existence hors de la mafia, comme elle. Cependant, le compte à rebours avait commencé… Gianluca venait d'avoir dix-huit ans. S'il l'estimait digne d'appartenir à son clan, Don Fortunato ne tarderait pas à le faire appeler. Alors, ce serait à Gianluca de faire son choix.

Massimo avait choisi quelle direction il voulait donner à sa vie quand il était à peine plus âgé. Il avait quitté l'Italie et sa famille, exactement comme son grand-père l'avait fait avant lui. À la différence près que Jimmy avait quitté les Fidji pour vivre avec l'amour de sa vie, une Anglaise avec laquelle il s'était installé en Angleterre. Puis, quand leur fille, Sera, avait épousé un Italien, Jimmy et Elizabeth avaient déménagé en Italie pour rester près d'elle. Pour eux, la famille passait toujours avant le reste et ils étaient aussi proches qu'on puisse l'être. Tous… sauf Massimo.

Il n'avait jamais manifesté la moindre envie de changer sur ce point. Il ne voyait aucun souci dans le fait de garder une distance physique et émotionnelle avec les gens qui l'aimaient. C'était son choix et Livia devait apprendre à le respecter. Parce qu'elle n'avait pas pu le changer. Elle avait essayé, de toutes ses forces. Puis, quand elle avait compris que cette distance émotionnelle s'appliquait aussi à elle, elle n'avait eu d'autre choix que de partir.

Elle n'avait certainement pas fui l'enfer du Secondigliano pour passer sa vie à jouer les épouses trophées au sein d'un mariage de comédie.

Elle vida son verre et le posa dans le cercle creusé à cet effet sur la tablette, près de son lit. Sans regarder Massimo, elle se glissa sous la couette.

— Je vais dormir un peu. Bonne nuit.
Le dos tourné vers lui, elle ferma les yeux.

Massimo restait immobile dans son fauteuil, les yeux grands ouverts. Il avait bu assez de bourbon pour calmer un éléphant mais malheureusement, son esprit continuait de tourner à plein régime. Dans la pénombre, il regarda la poitrine de Livia s'abaisser et se soulever sous sa couette. Elle avait fini par s'endormir, une heure plus tôt. Il savait toujours quand elle s'endormait pour de bon, parce que, alors, elle arrêtait de se crisper dans leur lit pour se détendre et respirer profondément.

Le soir de leur rencontre, après avoir parlé des heures au bar de l'hôtel, ils avaient passé la nuit ensemble. Ils avaient su l'un comme l'autre qu'il ne s'agissait pas d'une aventure d'un soir. Après l'amour, il avait sommeillé en la serrant contre lui, et avait senti peu à peu le corps languide de Livia s'abandonner au sommeil serein qui suivait l'extase.

Très vite, il avait découvert qu'elle parlait beaucoup dans son sommeil. Parfois, elle prononçait des mots distincts. Il se rappelait encore l'émotion qui l'avait envahi la première fois qu'elle avait murmuré son prénom. Une émotion bien plus forte que lorsqu'on lui avait offert deux cents millions de dollars pour cette plate-forme virtuelle qu'il avait créée pendant ses soirées d'ennui à l'université.

Néanmoins, les rêves de Livia n'étaient pas toujours sereins. Au moins une fois par semaine, il était obligé de la réveiller pour la sortir d'un cauchemar. La violence de son enfance à Naples continuait de la hanter. Un autre homme l'avait-il tirée de ses mauvais rêves depuis qu'elle l'avait quitté ? Machinalement, il serra les poings pour chasser l'insoutenable douleur dans son cœur. La vie sexuelle de Livia ne le concernait plus.

Depuis qu'elle était partie, sa propre libido était en

berne. À présent, le réveil était fracassant. Il en allait sans doute de même pour son cœur, s'il se fiait aux émotions brutales qui l'assaillaient depuis qu'il l'avait revue.

Sa propre faiblesse l'agaçait prodigieusement. Il avait réussi à maîtriser sa libido comme ses sentiments bien avant qu'elle le quitte, quand leur lune de miel s'était transformée en cauchemar conjugal. Alors pourquoi ne contrôlait-il plus rien tout à coup ?

Au début, leur relation lui avait inspiré un tel sentiment d'évidence… Ils étaient tous les deux trop épris l'un de l'autre pour se rendre compte qu'il ne s'agissait que d'une passion folle qui se consumerait à la vitesse de l'éclair.

Oui, il avait été littéralement envoûté par Livia. Il n'avait jamais rencontré personne qui lui ressemblât : si dure et forte à l'extérieur, si tendre et aimante à l'intérieur. D'une franchise à toute épreuve, parfois coupante dans ses paroles, Livia faisait en même temps preuve de compassion et d'affection. Elle était de ces personnes prêtes à tout laisser tomber si on avait besoin d'elles. Elle aurait abandonné tout ce qu'ils avaient, tout le luxe et le confort, sans l'ombre d'un regret. Il admirait tant de choses chez elle !

Lui qui n'avait jamais eu un tempérament à montrer son affection par des gestes s'était tout de suite senti proche d'elle. Toucher Livia lui était venu naturellement.

Hélas, peu à peu, les choses avaient changé. Il avait dû se rendre à l'évidence : son présupposé de départ – selon lequel il pourrait continuer à travailler, tout en ayant le bonheur de rentrer dormir auprès de sa magnifique épouse – était totalement illusoire.

Il savait qu'il n'aurait jamais dû l'épouser. Seulement, elle avait le don de lui ôter toute rationalité. Dès le premier instant, il avait eu si peur de la voir disparaître qu'il n'avait pas réfléchi à ce qu'impliquait son union avec une femme aussi exigeante et intelligente.

Aujourd'hui, il savait. Livia demanderait toujours beaucoup plus qu'il ne pouvait donner.

Il faisait encore sombre dans l'avion quand Livia se réveilla. Elle prit son téléphone et fut soulagée de constater qu'il ne leur restait que deux heures de vol avant d'atterrir.

Elle se glissa hors de son fauteuil en faisant le moins de bruit possible pour ne pas réveiller Massimo qui devait encore dormir. Elle avait besoin d'une douche et devait rejoindre la salle d'eau attenante à la chambre.

Elle avait à peine ouvert la porte que l'odeur caractéristique du gel douche de Massimo l'assaillit. Avant qu'elle ait pu battre en retraite hors de la chambre à coucher, la porte s'ouvrit à la volée et il apparut, entièrement nu.

Des yeux élargis de surprise se posèrent sur elle et Livia sentit l'oxygène quitter ses poumons. Incapable d'esquisser le moindre mouvement, elle demeura immobile, tandis que les secondes s'étiraient. Pour un homme qui pratiquait peu de sport, Massimo avait un corps incroyable. Il était mince et musclé, sa peau dorée à peine recouverte d'un fin duvet de poils sombres sur ses pectoraux bien dessinés et le long de ses abdominaux. Malgré elle, ses yeux suivirent la ligne de poils sous son nombril, jusqu'à…

Livia sentit ses muscles intimes se contracter involontairement et une chaleur délicieuse monter de ses reins lorsqu'elle remarqua que son sexe prenait vie sous son regard. Elle sentit ses joues s'embraser et s'accrocha plus fort à son petit sac de voyage. Affolée, elle releva les yeux et découvrit ses pupilles dilatées et ses lèvres entrouvertes sur un souffle court. Dans ses yeux, elle reconnaissait la lueur vibrante qu'elle y avait vue si souvent autrefois. Ce signal aurait dû la faire fuir dans l'instant, pourtant elle ne bougea pas. Ses pieds semblaient collés au sol.

Bien qu'elle tentât désespérément de ne pas laisser son regard s'égarer vers son torse et sa taille, elle nota qu'il avait fait ajouter des détails sur son tatouage. L'art maori couvrait tout son biceps et son épaule gauches, en épais traits noirs. Au centre, le large soleil – dont il lui avait dit un jour qu'il représentait sa seconde naissance au monde et son objectif d'atteindre la perfection dans tout ce qu'il entreprenait – était encerclé par des motifs de dents de requin, symboles de pouvoir et de protection. Ces dents étaient maintenant entourées de petits fers de lance. Elle ne savait pas ce que signifiait ce nouveau détail, mais elle était certaine qu'il avait un sens pour lui. Son instinct lui soufflait que ce nouveau motif avait un lien avec elle.

Elle brûlait de caresser l'encre sombre sur sa peau dorée, de sentir son corps puissant pressé contre le sien. Toutes ces émotions l'avaient envahie si violemment qu'il aurait suffi qu'il la touche pour qu'elle se laisse aller dans ses bras.

Livia peinait à respirer tant l'atmosphère était saturée de cette alchimie enivrante.

Et puis il ferma les yeux.

Quand il les rouvrit, le désir brûlant avait disparu dans ses iris. Massimo avait repris le contrôle. Sans un mot, il lui tourna le dos et rentra dans la salle d'eau avant de refermer la porte sur lui.

4.

Livia jeta un œil à travers le hublot du Cessna qu'ils avaient pris peu après leur atterrissage à l'aéroport de Nadi et s'abîma un moment dans la contemplation de l'écrin de verdure tropicale qui s'élevait au centre de l'océan Pacifique. L'ovale de terre était cerné de plages au sable doré, dont les eaux turquoise s'assombrissaient vers le bleu marine au large des côtes. Vue du ciel, Seibua était sublime et aussi exotique que son nom le laissait supposer.

Livia n'avait que rarement voyagé dans sa vie, et le plus souvent pour aller de Los Angeles à Rome, aussi fut-elle submergée par des senteurs chaudes et délicieuses qu'elle n'avait jamais eu le plaisir de sentir quand elle descendit sur le minuscule tarmac. Elle ferma un instant les yeux pour humer le parfum de l'air puis les rouvrit pour admirer le soleil qui se levait à l'horizon. La caresse de la brise était déjà chaude sur sa peau.

Du coin de l'œil, elle surveilla la réaction de Massimo qui venait de poser le pied sur la terre natale de son grand-père. Loin de savourer l'instant, il avait déjà rejoint la petite voiture de golf qui les attendait et se présentait à leur chauffeur.

Comme elle, Massimo s'était changé juste avant l'atterrissage pour enfiler une tenue plus estivale. Une fois de plus, Livia dut lutter pour se débarrasser de l'image qui s'était imprimée sur sa rétine de son magnifique corps nu. Bataille qu'elle perdait de toute évidence.

La gorge serrée, elle rejoignit Massimo qui la présenta à l'homme d'âge mûr qu'il avait engagé pour gérer l'île à sa place. Il commença en anglais avant de répéter les présentations en italien.

— Heureuse de vous rencontrer, tenta-t-elle en anglais.

Elle vit l'éclair de surprise qui passa sur le visage de Massimo. Néanmoins, il ne dit rien et lui fit signe de monter en voiture. Elle se glissa sur la banquette arrière tandis que Massimo montait à l'avant avec le chauffeur.

— Combien de temps faut-il pour rejoindre le complexe ? demanda-t-elle, surprise par la taille de l'île.

Naïvement, elle s'était attendue à un îlet de la taille d'un champ et orné d'un ou deux palmiers.

— Cinq minutes, pas plus.

Bientôt, elle découvrit devant elle la vaste étendue de sable aperçue depuis le ciel, qui scintillait au soleil. Stupéfaite, elle embrassa du regard l'imposante formation rocheuse le long de laquelle des cottages de bois avaient été disposés à distance les uns des autres. Sur la droite de la plage se dressait un grand pavillon destiné à diverses activités. Tout au bout, là où le sable disparaissait dans un doux virage de la côte, commençait la mangrove récemment plantée pour protéger l'île de l'érosion et de la montée des eaux.

Face à ce spectacle, Livia avait le souffle coupé. Elle ne parvenait pas à croire que tout ce que Massimo avait imaginé pour l'île de son grand-père soit ainsi sorti de terre dans cet ensemble à la fois esthétique et fonctionnel.

Le chauffeur les arrêta juste devant le lodge principal. Massimo descendit avant de tendre la main à Livia pour l'aider. Troublée par ce geste inattendu, d'autant plus qu'ils avaient passé les dernières heures à s'ignorer avec application, elle leva un regard perdu sur son visage. L'intensité douloureuse de son regard contredisait le sourire factice qui jouait sur ses lèvres. Soudain, un cri de bébé retentit et elle comprit. Sa famille était là et il jouait la comédie du parfait mari à leur bénéfice. Après une brève inspiration, elle referma légèrement les doigts autour de sa main tendue.

Hélas, elle avait à peine effleuré sa peau qu'elle sentit son cœur enfler dans sa poitrine. C'était comme si le temps s'était arrêté tout à coup, comme si le monde s'était limité aux yeux expressifs de Massimo. Elle sentit un besoin désespéré monter en elle, mélange de désir puissant et d'émotions trop longtemps refoulées. Sous ses pieds, le sol se mit à tanguer dangereusement.

Reprenant le contrôle de son corps, elle détourna la tête et cligna des paupières pour sortir de son envoûtement. Il y avait une raison si ces émotions avaient été enfouies !

Par bonheur, Madeline venait d'apparaître sur les marches, la petite Elizabeth dans les bras. Livia lâcha aussitôt la main de Massimo pour les rejoindre. Elle embrassa chaleureusement sa belle-sœur et sentit aussitôt la petite main du bébé se refermer sur ses cheveux.

Massimo regarda son épouse et sa sœur échanger des embrassades enthousiastes. En voyant Livia caresser la joue duveteuse de sa nièce avant de la prendre dans ses bras, il se rappela soudain son rire quand il avait suggéré qu'ils fassent un enfant. Ce souvenir faisait toujours aussi mal.

Lentement, il marcha jusqu'à elles en se préparant aux remarques qui n'allaient pas tarder. De fait, Madeline ne le déçut pas. Après l'avoir embrassé, elle ouvrit les hostilités :

— Massimo, voici ta nièce, Elizabeth. Elizabeth, voici ton oncle Massimo, dont tu as entendu parler mais qui était trop occupé à sauver le monde pour te rencontrer.

Si les grands yeux bleus de sa nièce ne l'avaient pas

fixé avec fascination, il aurait rétorqué une grossièreté à sa sœur.

— Le voyage a été long. Peux-tu remettre le harcèlement à plus tard, au moins jusqu'à ce que j'aie dit bonjour à tout le monde ?

Madeline lui adressa un sourire moqueur.

— Mais bien sûr ! Les autres vous attendent à l'intérieur.

En entrant dans le lodge, ils rejoignirent son grand-père et l'armée de soignants qui s'occupaient de lui, ainsi que ses parents. Le lendemain soir, les frères et sœurs encore en vie de Jimmy arriveraient avec leurs familles – enfants, petits-enfants et arrière-petits-enfants. Ils venaient tous, par la mer ou par les airs, pour assister à la fête d'anniversaire de Jimmy.

Celui-ci n'avait pas revu la plupart de ses frères et sœurs depuis son départ de cette île particulièrement reculée des Fidji pour l'Europe. Il avait été le premier à partir. Au cours des décennies qui avaient suivi, la plupart étaient partis à leur tour. Beaucoup s'étaient installés à Viti Levu, la principale île de l'archipel, d'autres plus loin. Quoi qu'il en soit, Seibua n'était plus habitée depuis une dizaine d'années quand Massimo l'avait rachetée.

Massimo promena un regard critique autour de lui. Le lodge correspondait exactement à ce que l'architecte lui avait promis. L'espace avait été prévu pour pouvoir accueillir toute une assemblée, que ce soit pour un repas assis ou pour une véritable fête avec musique et danse. Sur la gauche s'alignaient des tables rondes, tandis qu'à droite, d'immenses canapés moelleux formaient de petits salons. Un immense bar couvrait le mur du fond. Au milieu, l'espace était assez grand pour permettre à une centaine de personnes de se démener comme sur une piste de danse, ou à une armée d'enfants de courir. Le lendemain, ils seraient au moins une quinzaine pour inaugurer l'immense espace de jeux.

Pour l'heure, il n'y avait encore que la famille proche

et il sentit aussitôt le poids de leurs attentes peser sur lui comme une chape de plomb. Il n'avait revu aucun d'eux depuis plus d'un an. Contrairement à Livia, que ses parents embrassèrent comme si elle était leur propre fille.

Elle n'avait jamais compris l'ambivalence qu'il ressentait envers sa famille. À ses yeux, il avait grandi avec tout ce qu'elle aurait aimé avoir et qui lui avait été refusé. Comment s'en étonner ? Son père avait été assassiné ; sa mère, qui tenait un magasin de robes de mariée, se faisait parallèlement une petite fortune en vendant de la drogue. Elle recevait aussi chaque mois une pension versée par Don Fortunato, le chef mafieux pour lequel avait travaillé le père de Livia. Celle-ci en parlait avec dédain comme de « l'argent du sang ». L'argent n'avait jamais été un souci chez les Esposito. Elle lui avait raconté un jour avoir trouvé des liasses de billets impeccablement rangées dans un grand carton censé contenir des jarretières. Livia avait estimé qu'il y avait au moins cinq cent mille euros : l'argent sale de Don Fortunato, mis à l'abri jusqu'à ce qu'il vienne le réclamer pour le blanchir. Il avait fallu à Livia plus de courage que Massimo ne pouvait l'imaginer pour échapper à ce monde gangrené par la violence des narcotrafiquants. Pas étonnant qu'elle voie son enfance à lui comme idyllique !

Cela dit, elle n'avait aucune idée de ce que c'était que de marcher dans des rues trempées de pluie avec des trous dans ses semelles, ou d'être la cible des moqueries à l'école à cause de vêtements trop petits. Il aurait pu supporter les moqueries si ses parents avaient travaillé dur, mais ces derniers n'avaient pas fait ce choix. Son père travaillait dans une boutique de cordonnerie, et d'un commun accord, sa mère avait cessé de travailler après la naissance de Massimo. « Il faut profiter de la vie, et pas vivre comme un esclave ! » proclamait fièrement son père.

Quelle importance s'ils ne pouvaient manger de la viande qu'une fois par semaine ? Les légumes étaient bien assez nourrissants ! Quelle importance s'ils ne pouvaient pas offrir une nouvelle calculatrice à Massimo quand la sienne avait été jetée dans les toilettes par ses harceleurs ? Son cerveau était bien assez en avance pour calculer tout seul !

C'était vrai, certes, mais son cerveau avait pris de l'avance par nécessité, pas par choix. Quoi qu'il en soit, Massimo avait vite compris que, s'il voulait faire quelque chose de sa vie, il ne devait compter que sur lui. À l'âge de treize ans, il avait commencé à travailler pour qui voulait bien l'employer : il avait fait coursier, vendeur sur les marchés, il avait rempli les rayonnages des magasins et nettoyé des bureaux.

Grâce à ces petits boulots, il avait pu s'acheter un ordinateur et un téléphone et avait mis le reste de ses gains de côté en prévision de ses études universitaires. Il avait d'ailleurs bien fait parce que, sans surprise, ses parents n'avaient pas économisé un centime pour l'aider dans ses études. Ensuite, il avait créé la plate-forme de jeux en ligne qui avait lancé sa fortune. Pendant ses études, il s'était rapproché de ses grands-parents. Leur appartement était bien plus proche de l'université que la maison de ses parents, aussi avaient-ils insisté pour qu'il leur rende visite régulièrement afin de profiter d'un bon repas et d'un lit confortable. C'est à cette époque qu'il en avait appris davantage sur les racines et le passé fidjien de son grand-père.

Aujourd'hui, il se retrouvait sur l'île de ses origines, encerclé par sa famille qu'il n'avait plus vue depuis près de deux ans, et il ressentait une atroce sensation d'étouffement.

Les yeux de ses parents étaient brillants de larmes quand il les rejoignit. Lui qui s'attendait à un salut cordial et simple reçut un accueil digne des plus grands drames hollywoodiens. Son père, Gianni, ignora sa main tendue pour le serrer dans ses bras et sa mère, Sera, ne fut pas en reste. Leurs paroles exubérantes furent noyées sous une pluie de baisers.

Quand Massimo parvint enfin à s'extraire des attentions parentales, il se tourna vers son grand-père. Aussitôt, une émotion douloureuse le prit à la gorge quand il découvrit un vieillard en fauteuil roulant, recevant de l'oxygène grâce à un appareil. Interdit, il tomba à genoux devant le fauteuil et prit le corps frêle de Jimmy dans ses bras après avoir plongé son regard dans les yeux autrefois si perçants.

Il s'efforça de masquer sa douleur sous un large sourire factice. Du coin de l'œil, il observa Livia en pleine conversation avec l'un des soignants de Jimmy. Cette bande d'incapables ! Comment avaient-ils pu laisser l'état de son grand-père se dégrader ainsi ?

Un instant plus tard, toute la famille était installée sur les canapés autour du fauteuil de son grand-père et on leur apporta des pâtisseries et des fruits à grignoter. Ce moment de réunion aurait dû lui procurer une intense satisfaction, au lieu de quoi, il avait la sensation d'avoir été percuté par un camion. Lui qui n'avait jamais beaucoup apprécié de faire la conversation parvenait à peine à répondre aux questions de son beau-frère – pourtant légitimes – autrement que par monosyllabes. À la demande de Madeline, il avait organisé pour tout le monde une excursion sur le yacht qu'il avait acheté pour explorer les environs. Ils devaient se rendre sur un atoll à une vingtaine de milles. La barrière de corail qui entourait le petit bout de terre était apparemment encore plus magnifique que celle qui encerclait Seibua.

Il n'était pas là depuis une heure et il était déjà submergé d'émotions violentes. Livia, son grand-père, sa famille… C'était trop !

Encore quarante-huit heures ! Dans deux jours, il pourrait retourner à sa vie, à son travail, au calme… Un sombre pressentiment lui soufflait que ce seraient sans doute les quarante-huit plus longues heures de sa vie.

Jamais il n'avait ressenti avec une telle acuité la distance entre lui et les siens. Ils étaient sa famille, seulement, il n'avait jamais eu l'impression d'en faire partie. Du plus loin qu'il se souvienne, il avait toujours eu la sensation d'être à part, le mouton noir du clan. Sans la ressemblance physique frappante avec son père, et la couleur des yeux de sa mère, il aurait facilement pu croire qu'il avait été adopté.

Massimo n'avait jamais été très à l'aise dans les relations humaines. En vérité, la seule personne sur Terre auprès de laquelle il s'était senti véritablement lui-même était Livia. Hélas, il savait à présent que cette sensation de bien-être n'était qu'une illusion.

Installée sur le canapé en face du sien, sa femme discutait avec Madeline, Elizabeth sur ses genoux, sans se soucier que ses cheveux soient à demi arrachés par le petit poing dodu. Dire que la même personne qui avait ri de lui quand il avait voulu fonder une famille riait à présent devant le bébé, ses jolies dents blanches illuminant son visage.

Ce n'est que lorsque leurs yeux se rencontrèrent qu'il vit ce qu'il lui en coûtait de maintenir une apparence enjouée. Son regard sombre le ramena quelques heures en arrière dans le jet, quand elle était apparue devant lui alors qu'il sortait de la salle d'eau, complètement nu.

Encore maintenant, son corps frémissait du besoin primitif, viscéral, de la toucher. Il avait encore Livia dans la peau. Elle le rendait nerveux, fiévreux, fou de désir et de frustration. Pourtant, il était conscient qu'il ne pouvait y avoir de retour en arrière. Elle n'était pas là pour lui, mais pour Jimmy et sa famille, auxquels elle restait très attachée.

Massimo se força à finir son café avant de se lever.

— J'ai besoin de me dégourdir les jambes, annonça-t-il. Je vous retrouve au yacht dans une heure.

Sans attendre de réponse, il quitta le lodge et rejoignit à grands pas le pont de bois qui menait au cottage qu'il devrait partager avec Livia pendant deux interminables jours. Construit sur pilotis, il donnait l'impression de flotter sur l'eau. Il serait bien mieux là-bas. Sa famille n'avait pas besoin de lui pour s'amuser et prendre du bon temps.

— Massimo, attends…

Retenant un juron, il s'arrêta. Livia courait vers lui, ses cheveux flottant derrière elle.

— Il y a un problème ?

Livia tenta de reprendre son souffle.

— J'allais te poser la même question.

Après son départ, toute la famille avait posé sur elle des yeux interrogateurs. Atrocement gênée, elle avait haussé les épaules et murmuré que le voyage avait été long avant de s'éclipser à son tour.

Pour toute réponse, Massimo se remit à marcher comme si elle ne l'avait jamais interrompu.

— Tu comptes me dire enfin ce qui te passe par la tête ? exigea-t-elle en tentant de suivre son rythme.

— Je dois aller appeler le gérant de l'agence.

— Quelle agence ?

— Celle qui a fourni les soignants supposés prendre soin de mon grand-père. L'agence pour laquelle tu travaillais.

Ils arrivaient sur le pont de bois et il ne ralentissait toujours pas l'allure.

— Quoi ? Pourquoi ?

— Tu as vu à quel point ils ont laissé l'état de Jimmy se dégrader ? Il n'a plus que la peau sur les os ! Et quand a-t-il été rasé la dernière fois ? Mon grand-père n'a pas manqué de se raser un seul jour de sa vie !

Ils avaient atteint la porte du cottage et Livia posa la main sur la sienne comme il la tendait pour ouvrir le battant.

— J'ai essayé de te prévenir, dit-elle avec douceur.

Enfin, il croisa son regard et elle remarqua aussitôt la

veine qui battait à ses tempes. Il ferma les yeux un instant et libéra sa main.

— Je sais que son cancer est incurable, lâcha-t-il. Ce n'est pas une excuse pour tolérer un tel état !

Avec un soupir, Livia le suivit à l'intérieur. Elle s'adossa à la porte et réfléchit aux mots qu'elle pourrait employer sans ajouter à sa détresse.

— Il a perdu beaucoup de poids car il ne supporte plus la nourriture solide, expliqua-t-elle calmement. Et ils ne peuvent plus le raser aussi souvent qu'il le voudrait parce que sa peau est devenue trop sensible. Il ne supporte le rasage qu'une fois par semaine.

— Tu leur trouves des excuses ? Un réflexe de protection envers tes anciens collègues ?

— Même si je travaillais toujours pour l'agence, jamais je ne chercherais à excuser la négligence.

Son regard d'ordinaire si doux brillait d'une lueur dangereuse.

— Alors tu reconnais qu'ils se sont montrés négligents.

— Non. Au contraire, ils lui ont tous prodigué des soins exceptionnels. Le problème, c'est que tu n'as pas revu Jimmy depuis si longtemps que les changements te choquent.

— Évidemment ! Je savais qu'il ne te faudrait pas longtemps avant de ramener le sujet sur *ma* supposée négligence.

Livia se força à inspirer pour ravaler la réplique cinglante qui lui montait aux lèvres. C'était censé être un week-end de fête, pas de rancœur et de récriminations. Après tout, c'était à Massimo de se débrouiller avec sa conscience !

— Ton grand-père est très malade, Massimo, mais il souffre aussi peu que possible et tout est mis en œuvre pour son confort. Il est ici, sur l'île de son enfance, avec sa famille. Et tout cela, c'est grâce à *toi*. Alors ne gâche pas son plaisir en reportant ta colère sur les personnes qui ont fait de leur mieux pour prendre soin de lui.

Pendant de longues secondes, il garda le silence, ses yeux assombris rivés sur elle. Enfin, il hocha brièvement la tête.

— Je dois appeler le bureau, dit-il d'un ton bref.

Cette fois, elle ne chercha pas à retenir son soupir exaspéré.

— J'ai besoin de répondre aux questions du chef de projet avant que nous partions en mer, d'accord ?

Heureusement, il lui avait déjà tourné le dos pour rejoindre le salon, son téléphone à la main, aussi ne vit-il pas les larmes qui venaient de lui monter aux yeux.

5.

Livia ravala la boule de chagrin qui lui serrait la gorge, plaqua un sourire sur son visage et monta à bord du yacht aux lignes épurées. Après leur interminable voyage pour rejoindre l'île, elle aurait préféré se reposer au calme, seulement, Madeline espérait de toute évidence qu'en forçant son frère à être près d'eux il finirait par laisser tomber un peu son travail. La pauvre ne s'attendait pas à le voir monter à bord avec sa sacoche d'ordinateur à l'épaule et son téléphone visible dans la poche de son short. Livia la vit serrer les lèvres de frustration.

Quand ils partirent, elle était la seule à se sentir secrètement soulagée de le voir disparaître dans la cabine. La déception, en revanche, se lisait clairement sur tous les visages. Quand elle croisa le regard de Madeline, elle haussa les épaules dans une vaine tentative d'excuse. Elle était avec sa famille depuis à peine trois heures et elle avait déjà dû s'excuser à sa place deux fois !

Il leur fallut moins d'une heure pour rejoindre l'atoll. Sur place, ils passèrent le temps en lézardant, en plongeant depuis le yacht, en nageant dans les eaux turquoise et en discutant avec légèreté. Le capitaine avait jeté l'ancre assez loin pour ne pas risquer d'endommager la barrière de corail, mais assez près pour qu'ils puissent admirer le récif peuplé de poissons multicolores et d'autres créatures marines. Madeline et son mari, Raul, enfilèrent leur matériel de snorkeling et plongèrent en laissant le bébé sous la garde de Sera.

Livia ne put s'empêcher de regarder avec envie le couple profiter ensemble de la journée. Pendant ce temps, Gianni, son beau-père, dégustait un cocktail, un livre à la main ; Jimmy faisait une petite sieste dans son fauteuil à l'ombre et les chefs cuisinaient des délices sur le barbecue. Au milieu de tout cela, Livia ne ressentait que chagrin et manque. Massimo aurait dû être là avec eux…

Elle se leva et descendit les marches à sa recherche. L'intérieur du yacht était agréablement rafraîchissant après la chaleur du dehors. Il lui fallut quelques minutes pour trouver Massimo dans un coin isolé du salon. Il était tellement concentré sur son écran qu'il ne remarqua pas tout de suite sa présence.

— Le déjeuner est bientôt prêt, dit-elle d'un ton brusque.

— J'arrive dans dix minutes.

— Et tu garderas ton ordinateur fermé pour le reste de l'après-midi ?

— Je ne peux pas.

Elle inspira profondément pour se calmer.

— Ils sont impatients de passer du temps avec toi.

— Je vais passer du temps avec eux.

— Quand ? le défia-t-elle. Demain, tout le monde sera pris par les préparatifs de la soirée. Et le lendemain, tu rentres à LA. Il n'y a qu'aujourd'hui que tu peux vraiment profiter de ta famille et tu comptes passer la journée enfermé ici ? Tu as fait des milliers de kilomètres pour être là, Massimo. Cela ne va pas te tuer de fermer cet ordinateur pendant deux heures !

Au lieu de pianoter sur son clavier, ses doigts tapotaient maintenant sur la table, signe manifeste de son agacement.

Face à l'expression obstinée de Livia, Massimo sut qu'elle ne lui laisserait pas un instant de paix jusqu'à ce qu'il rejoigne les autres sur le pont. Ne comprenait-elle pas ? Ce n'était pas qu'il n'aimait pas passer du temps avec sa famille ! Simplement, ils étaient tellement différents ! Son approche de la vie était opposée à la leur. Ils pensaient tous qu'il travaillait trop, sans comprendre qu'il ne trouvait la paix que lorsqu'il était immergé dans une tâche. Il aurait été tellement plus facile de traverser ces quelques jours si Livia n'avait pas été là ! Il lui était déjà assez compliqué de supporter l'amour étouffant des siens sans avoir en plus à subir les émotions que son épouse faisait naître en lui. Elle était à deux mètres de lui, et déjà, la tension crispait chacun de ses muscles, sa peau frémissait et ses doigts fourmillaient. Le maillot noir tout simple qu'elle portait était fait pour nager et non pour flatter ses courbes, pourtant son corps réagissait comme si elle portait le plus sexy des bikinis.

— Très bien, je vais éteindre l'ordinateur et je vous rejoins dans dix minutes, lâcha-t-il enfin.

Elle inclina la tête sans un mot et repartit comme elle était venue. Juste comme il pensait pouvoir respirer à nouveau sans contrôler son désir, elle se tourna vers lui, un léger sourire aux lèvres.

— Si tu sors ton téléphone une seule fois pendant que nous sommes sur ce bateau, je ne peux pas te promettre qu'il ne servira pas de nourriture aux poissons !

Deux heures plus tard, Livia en arrivait presque à souhaiter voir Massimo retourner travailler dans le salon.

Après un long déjeuner fait de poisson grillé pêché du matin et de diverses salades, elle était partie faire du snorkeling avec Madeline. Elles venaient tout juste de remonter sur le pont lorsqu'elle avait découvert Massimo torse nu. Elle avait fait de son mieux pour ne pas regarder son corps d'athlète et avait enroulé sa serviette de plage autour de ses hanches.

De son côté, Madeline avait marché droit sur Raul, assis sur une chaise longue, avait passé les bras autour de son cou et déposé un baiser sur son crâne. Son mari avait répondu à son geste de tendresse en lui caressant le dos…

Livia sentit son cœur s'emballer tandis qu'une foule de souvenirs d'une époque où Massimo et elle se touchaient avec tendresse lui revenait en mémoire. Elle le chercha des yeux et son souffle se bloqua dans sa gorge quand elle croisa son regard rivé sur elle. Se rappelait-il ces jours heureux, lui aussi ?

Son regard intense la transperça avant qu'il se détourne pour leur servir deux cocktails de fruits. Il tira la chaise près de lui et Livia vint s'asseoir en faisant de son mieux pour ignorer son corps à demi nu. Même avec un parasol ouvert au-dessus d'eux, les rayons du soleil étaient brûlants.

— Tiens, Livia, l'interpella Madeline en lui lançant un flacon d'écran solaire.

Elle s'en étala partout sauf dans le dos.

— Laisse-moi faire, intervint Massimo tout près d'elle.

Comme ils avaient un public, il n'avait d'autre choix que de lui offrir son assistance. Livia fit de son mieux pour garder une expression nonchalante avant de lui tendre le flacon en se tournant dos à lui. L'attente fut presque insoutenable. Et quand enfin il posa les mains sur elle…

Sa peau la brûlait partout où il la touchait. Elle se rappelait encore la première fois qu'il lui avait mis de la crème solaire. C'était pendant leur lune de miel à Saint-Bart. Ils s'étaient baignés nus dans une crique reculée. Puis, Massimo avait sensuellement couvert de crème chaque centimètre carré de son corps. Le temps qu'il la fasse rouler sur le dos pour la pénétrer, elle était au bord du gouffre. Elle avait joui aussitôt.

Aujourd'hui, Massimo lui appliquait la crème de façon machinale, presque brusque. L'indifférence que traduisaient ses gestes lui fit mal. Elle dut lutter pour ne pas laisser voir son chagrin.

— Tourne-toi, je vais en étaler dans ton dos, proposa-t-elle d'une voix suffisamment joviale pour leur public.

Comme il était bien plus grand et large qu'elle, il y avait beaucoup plus de surface de peau à couvrir. Il aurait mérité qu'elle asperge sa peau nue de crème froide. Elle aurait adoré le voir se hérisser à ce contact, mais l'heure n'était plus à la plaisanterie entre eux. Aussi fit-elle couler une bonne dose de crème dans ses mains avant d'appliquer les paumes sur ses épaules.

Elle le sentit se raidir sous ses doigts. Quand avait-elle touché son dos pour la dernière fois ? Impossible de s'en souvenir. La distance ne s'était pas installée d'un seul coup entre eux. Leur relation s'était peu à peu détériorée jusqu'à ce que la passion fasse place à la colère et à l'incompréhension.

Autrefois, elle avait adoré lui masser les épaules pour l'aider à évacuer la pression. En ce moment, elle sentait les muscles noueux et tendus juste sous ses doigts, à la base de sa nuque. Livia serra les dents et s'éloigna de ses épaules pour descendre vers le bas de son dos. Ce n'était plus son rôle de le masser.

Elle appliqua la protection solaire partout sur sa peau nue avec la même brusquerie que lui et poussa un soupir de soulagement en terminant sa tâche. Au même instant, le capitaine apparut sur le pont. Il était temps de rentrer.

L'exubérance naturelle de sa famille – dont il n'avait pas hérité – rendait toute activité de groupe particulièrement bruyante. Sa mère, sa sœur et Livia se baignaient dans la piscine du yacht avec sa nièce, riant et éclaboussant partout.

Massimo resta donc avec son père, son grand-père et son beau-frère et répondit du mieux qu'il put aux questions qu'ils lui posaient sur le prototype du dernier filtre à carbone sur lequel il avait travaillé et dont le lancement devait avoir lieu dès son retour à LA.

De temps à autre, il jetait un coup d'œil malgré lui vers la piscine, bien trop conscient de chaque mouvement de Livia.

Elle avait laissé son téléphone sur la table et il mourait d'envie de le prendre, de se mettre dans un coin isolé et de remonter tout son journal d'appels et de messages pour connaître dans le détail ceux qu'elle avait contactés ces quatre derniers mois. Bon sang ! Il ressemblait à un fou furieux !

Soudain, comme par un fait exprès, le téléphone en question se mit à sonner. Son père jeta un œil à l'écran et prévint Livia :

— Un appel de Gianluca, Livia !

— J'arrive !

Elle sortit en vitesse de l'eau et attrapa sa serviette au vol, mais l'appel s'était déjà interrompu le temps qu'elle arrive. Massimo nota son expression soucieuse.

— Excusez-moi, je dois le rappeler, dit-elle avant de grimper les marches qui menaient au pont supérieur.

Entre-temps, sa mère était sortie de l'eau.

— Comment va Gianluca ? lui demanda-t-elle à voix basse. Je sais que Livia s'inquiète beaucoup pour lui.

Il n'eut cependant pas le temps de lui demander de quoi elle parlait car Madeline surgit dans son dos et déposa une Elizabeth dégoulinante sur ses genoux.

— Tiens, Massimo, tu peux tenir la petite pour moi ?

— Où vas-tu ?

— Nulle part, assura-t-elle dans un rire avant de s'accouder tranquillement à la balustrade.

Son rire provoqua celui de ses parents et même de son grand-père. Devant l'urgence de la situation, Massimo décida que la remarque mystérieuse de sa mère pouvait attendre.

Gianluca était le seul membre de la famille de Livia

qu'il ait rencontré parce que c'était le seul à être venu au mariage. Au cours de la cérémonie, il n'avait pas cessé de jeter des regards furtifs dans son dos, semblant prêt à fuir. Livia lui avait expliqué plus tard qu'elle avait eu exactement le même comportement après son départ de Naples, une habitude de prudence dont elle avait mis des années à se débarrasser.

Le rêve le plus cher de Livia était de voir son frère suivre ses traces et s'éloigner du Secondigliano. Malheureusement, les adolescents avaient tendance à vivre en bande. Raison pour laquelle, selon Livia, il n'avait pas encore tenté de s'échapper de Naples. Il passait son temps avec ses amis sur des scooters, à draguer, à jouer aux jeux vidéo, et de temps à autre, à travailler pour les hommes de la mafia qui gouvernaient le territoire au nez de la police. Tôt ou tard, Gianluca serait suffisamment séduit par cette vie toute tracée pour en arriver à commettre un crime, après quoi, il n'y aurait plus de retour en arrière possible. D'après lui, les chances de s'en tirer de Gianluca étaient très faibles. Livia n'en avait pas elle-même conscience, mais tout le monde ne possédait pas sa force de caractère et sa valeur morale.

Massimo installa plus confortablement sa nièce sur ses genoux. Tandis qu'il observait son joli visage de chérubin, il sentit l'étau se desserrer dans sa poitrine. La petite Elizabeth grandirait dans l'amour et la sécurité, elle ne serait jamais exposée à la violence et au danger au milieu desquels Livia avait grandi. D'immenses prunelles bleues le fixaient, pleines de curiosité. Massimo huma la petite tête ronde, incapable de résister à la délicieuse odeur de bébé.

— Quand est-ce que vous comptez en faire un, vous aussi ? demanda Raul avec un grand sourire.

Aussitôt, une atroce sensation de froid lui glaça les os. Tous les yeux étaient rivés sur lui, et comble de malheur, il sentit la présence de Livia dans son dos. Elle revint s'asseoir, son téléphone à la main, et haussa les épaules avec un petit rire.

— Ce n'est pas le bon moment pour avoir un enfant. Vous savez le nombre d'heures que Massimo consacre à son travail ?

— Mais tu ne ferais pas autant d'heures si tu avais un enfant, n'est-ce pas ? dit Sera, l'air surpris.

Il connaissait très bien ce regard pour l'avoir vu souvent dans son enfance. C'était la preuve que sa famille ressentait autant que lui le décalage entre eux.

— Mon travail est important, répondit-il.

Aux yeux de ses parents, le travail n'avait d'autre intérêt que de payer les factures. Ce qui ne les avait pas empêchés d'accepter avec grand plaisir la villa de luxe qu'il leur avait achetée et dont il réglait tous les frais. De même, ils ne refusaient pas la pension qu'il versait chaque mois sur leur compte. Il faisait la même chose pour sa sœur, pour son grand-père, ainsi que pour les frères et sœurs de celui-ci et leur progéniture. Aucun d'eux n'avait plus besoin de travailler, et chacun dans la famille élargie des Briatore semblait apprécier cela. Aussi, son implication professionnelle dans une activité éthique continuait de les surprendre.

Il leur avait offert à tous la richesse, une richesse qui provenait en outre de technologies qui permettraient peut-être un jour à la petite Elizabeth et aux futures générations de vivre dans un monde qui ne soit pas au bord de l'implosion. Pourquoi persistaient-ils à le considérer avec un tel étonnement, incapables de comprendre pourquoi il devait travailler aussi dur ?

— Je sais, bien sûr, mais…

Sa mère avait dû sentir sa tension car elle n'insista pas. Sa femme, en revanche, n'eut pas la même délicatesse. Elle n'avait pas peur de l'affronter. Tout en se servant un verre de jus de fruits, elle déclara :

— Votre fils est accro à son travail, Sera. Cela me

réserve une vie bien solitaire. Je ne veux pas mettre un enfant au monde dans ce contexte.

— Tu pourrais avoir une nounou, dit Sera, pleine d'espoir.

Livia secoua la tête.

— Aux États-Unis, les nounous ne parleront qu'anglais. J'ai essayé de l'apprendre, mais ce n'est pas facile. L'an dernier, quand je me suis blessée à la jambe, ne pas comprendre le personnel de l'hôpital était très stressant.

L'entendre parler de l'accident lui serra la gorge et son regard se porta automatiquement vers sa jambe. La cicatrice, quoique la plaie ait été bien recousue, était encore visible. Livia était allée nager dans leur piscine extérieure, à LA. L'une des tuiles autour de la piscine s'était brisée, laissant un côté coupant contre lequel son mollet s'était ouvert quand elle s'était hissée hors de l'eau.

Quand elle l'avait appelé pour le prévenir qu'elle s'était coupée à la jambe sans plus de détails, il était plongé dans les essais techniques de son filtre. Comme elle demandait à avoir de l'aide pour communiquer avec le personnel de soins, il avait envoyé, son assistante, Lindy qui parlait italien et anglais.

Il se rappelait encore son désarroi et sa fureur quand il était rentré et avait découvert l'étendue de la « coupure ». Dix-sept points de suture, internes et externes. La réponse qu'il avait reçue d'elle était d'une froideur absolue. « Je ne voulais pas en faire un drame ou t'inquiéter juste avant que tu prennes la voiture. » Comme il lui adressait un regard interdit, elle avait serré les lèvres avant d'ajouter sèchement : « J'ai supposé que tu viendrais. »

Ce n'était pas sa faute ! Voilà ce qu'il s'était répété avec entêtement pour supporter la vague de culpabilité qui l'avait frappé de plein fouet. Il ne pouvait pas lire dans les pensées ! Comment aurait-il pu savoir que la blessure était grave ? Les dommages que cette coupure avait causés dans leur mariage étaient encore bien plus étendus que la plaie en elle-même.

— Regardez !

L'exclamation de sa sœur le tira de ses sombres pensées. Tout le monde suivit du regard la direction que pointait Madeline. Sa nièce dans les bras, Massimo se leva pour rejoindre la balustrade et découvrit, partout autour du yacht, de magnifiques dauphins qui les accompagnaient, leurs plongeons provoquant une épaisse écume blanche.

Émerveillé, Massimo écarquilla les yeux. C'était l'une des plus belles choses qu'il ait jamais vues, et il sentit une émotion indéfinissable grandir en lui. Machinalement, ses yeux cherchèrent Livia. Son visage exprimait une joie qu'il n'y avait plus vue depuis des mois. Un éclair de gratitude traversa son cœur. Il était heureux que Madeline l'ait forcé à s'extirper de ses souvenirs pour profiter de cet instant magique.

Elizabeth gigota et il resserra son étreinte autour de son petit corps. Aussitôt, la remarque de Livia lui revint en mémoire et toute légèreté disparut de son cœur.

Livia faisait de son mieux pour paraître heureuse mais plus le temps passait, plus cela lui coûtait. Gianluca n'avait pas répondu à son appel et elle n'avait reçu aucun message de lui depuis. Et puis, il y avait Massimo… Était-elle la seule à ressentir sa tension permanente ? Bien sûr, il n'en parlerait pas. Il n'exprimait jamais sa colère, de toute façon.

Cependant, une fois n'est pas coutume, il lui donna tort.

Quand ils revinrent à Seibua, chacun se dispersa pour rejoindre son cottage afin de se reposer avant le dîner. Massimo et elle restèrent seuls sur la terrasse du lodge. Un serveur vint leur apporter un punch coco maison. À peine était-il parti que Massimo tourna vers elle un regard dur.

— Pourquoi as-tu raconté tout ça à propos du bébé ? attaqua-t-il avec une virulence qui la surprit.

— Quoi ?

— Tu as laissé entendre à ma famille que si nous n'avions pas d'enfant c'était à cause de moi !

— Et ? J'ai accepté de faire semblant d'être toujours ta femme, je n'ai pas consenti à raconter des mensonges sur tout le reste !

— C'est toi qui ne voulais pas d'enfant, Livia ! Pas moi !

Interdite, il lui fallut une seconde pour répondre :

— Quand ai-je dit que je ne voulais pas d'enfant ?

Il la fixa, le regard noir.

— Tu as ri quand j'ai suggéré d'en avoir un.

— Tu veux parler de la fois où tu as proposé de me faire un enfant pour me guérir de ma solitude ? C'est ça ? répliqua-t-elle sans cacher le sarcasme dans sa voix.

Elle savait pertinemment qu'il faisait référence à cet épisode pour la bonne raison qu'ils n'avaient jamais parlé d'enfant, à part cette unique fois.

— Alors, oui, j'ai ri à cette suggestion parce qu'elle était risible ! Et même si tu n'avais pas proposé de me faire un bébé pour m'occuper, les raisons que j'ai invoquées devant ta mère sont parfaitement légitimes ! Notre mariage n'était pas de ceux qui peuvent accueillir un enfant !

Elle vit ses jointures blanchir autour de son verre.

— À t'entendre, tu étais une épouse négligée, marmonna-t-il.

— J'étais une épouse négligée, Massimo ! Pourquoi crois-tu que je t'aie quitté ?

— Tu es venue ici pour que mon grand-père puisse passer un dernier anniversaire serein, l'interrompit-il durement. Pas pour exposer nos problèmes aux yeux de tous !

— Nous n'allons certes pas parvenir à le convaincre que tout va pour le mieux en prétendant que tu t'es soudain transformé en mari modèle. Aucun membre de ta famille n'est assez stupide pour aller s'imaginer que nous filons le parfait amour ! Quand on annoncera notre séparation, ils ne seront surpris que d'une chose : le temps qu'il m'aura fallu pour partir.

Livia avait conscience de jeter de l'huile sur le feu mais elle s'en moquait. Elle voulait qu'il réponde, pour une fois ! Son silence face à ses attaques engendrait un cercle vicieux qui n'avait fait que s'aggraver à mesure que leur mariage sombrait. Elle hurlait, il se renfermait. Et rien ne s'arrangeait.

Massimo se leva brusquement de son fauteuil et s'éloigna à grands pas avant de faire volte-face.

— À moins que tu ne veuilles une bataille pour le divorce, je te suggère de t'en tenir à ce que nous avons décidé et d'arrêter tes remarques devant ma famille.

— Si tu veux te battre, je suis prête ! Tu as négligé ta famille pendant si longtemps qu'ils trouvent tous normal que tu négliges ton mariage et ta femme !

— Je refuse de recommencer cette dispute une énième fois.

Elle eut un rire amer. Ses mains tremblaient tant la fureur et le chagrin enflaient en elle.

— Nous ne nous sommes *jamais* disputés, Massimo. Jamais. À chaque fois que j'ai essayé de te dire à quel point j'étais malheureuse, tu m'as tourné le dos.

— Tu étais pire qu'un disque rayé ! répliqua-t-il. « Je m'ennuie, Massimo. » « Je suis seule, Massimo. » « Pourquoi faut-il que tu travailles autant, Massimo ? »

Il eut un rire triste.

— Tu vois ? Je *t'ai écoutée.* Peut-être que si tu avais marqué une pause entre deux plaintes j'aurais eu envie de rentrer plus tôt à la maison.

— Je ne me suis jamais plainte que d'une chose, cria-t-elle, hors d'elle. Justement de ce nombre d'heures démentiel que tu passais au travail !

— Je ne t'ai pas forcée à déménager en Amérique. Tu savais quel homme j'étais avant notre mariage, simplement tu as cru pouvoir me changer à ta guise. Plutôt que de résoudre tes propres problèmes, tu t'es contentée de te traîner comme une âme en peine dans la maison en te lamentant sur ton sort dans l'attente que *je* règle tous tes soucis à ta place ! Tu t'es vautrée dans l'auto-apitoiement !

Livia accusa le coup. Il venait de formuler tout ce qui pouvait lui faire le plus mal.

— Je ne me suis jamais apitoyée sur mon sort, répliqua-t-elle avec peine. Et je ne risquais pas d'attendre que tu m'aides à résoudre quoi que ce soit. Tu as passé tellement de temps avec tes machines et tes gadgets que ton cœur s'est transformé en pierre !

Il fit les trois pas qui le séparaient d'elle pour la toiser avec un sourire cruel.

— Tu n'as rien fait d'autre que gémir sur ton sort.

Son sourire se transforma soudain en rictus et il tourna les talons, la laissant pétrifiée, avec l'insupportable sensation qu'il venait de lui arracher le cœur.

6.

Massimo ferma la porte de la salle de bains à clé. Il ne voulait plus prendre le risque que Livia fasse irruption.

Quand il était parti, furieux, il s'attendait à la voir le suivre jusqu'au cottage en vitupérant. À chaque pas, il tendait l'oreille, persuadé que les cris et les plaintes allaient reprendre. Mais rien n'était venu.

Il ouvrit le robinet de la douche et ferma les yeux un long moment en sentant l'eau chaude ruisseler sur sa tête. L'expression blessée de Livia le hantait. La culpabilité lui nouait le ventre. Il s'était montré inutilement cruel. Les mots étaient sortis de sa bouche sans qu'il puisse rien contrôler.

Se retrouver ici avec Livia, sa famille, son grand-père si proche de la fin… Cela le mettait dans un état émotionnel ingérable. Dans ce contexte, les accusations de négligence de Livia l'avaient atteint en plein cœur et il avait répliqué avec brutalité pour lui infliger la même peine.

Il faisait de son mieux avec sa famille ! Peut-être qu'ils ne le voyaient pas aussi souvent qu'ils l'auraient voulu, mais il se rattrapait autrement. Et il avait fait de son mieux dans son mariage. Ce n'était pas sa faute si ses efforts ne suffisaient pas à satisfaire les attentes de sa femme ! Le terme de « négligence » laissait entendre qu'elle était une enfant qui avait besoin qu'on prenne soin d'elle, alors qu'ils savaient l'un comme l'autre qu'elle était parfaitement capable de se prendre en charge toute seule.

Elle avait tout fait pour s'en sortir, comme lui. Elle aurait dû comprendre.

Dès l'âge de quatorze ans, elle assistait le médecin du quartier, constamment appelé pour soigner les plaies que s'infligeaient les truands. Il la payait cinquante euros la journée pour l'assister tant elle faisait preuve de sang-froid. Contrairement à Massimo, qui avait gardé l'argent qu'il gagnait dans une tirelire sans avoir à se soucier que sa famille le lui vole, elle avait dû cacher le sien dans le vase qui ornait la tombe de son père. Comme elle était la seule à venir fleurir les lieux, c'était la seule cachette sûre. Avec une détermination incroyable, elle avait refusé d'être aspirée dans une existence criminelle toute tracée. Livia était la personne la plus forte qu'il connaisse. Prétendre qu'elle avait besoin qu'il s'occupe d'elle était risible !

Massimo sortit de la douche et se sécha avant d'enrouler sa serviette autour de ses hanches. Puis il prit quelques secondes pour se préparer mentalement et entra dans la chambre.

Il avait bien fait… Livia était assise au pied du lit, attendant qu'il sorte. Cependant, la furie à laquelle il s'attendait n'était nulle part en vue. Ses yeux, quand il les croisa, n'étaient pas assombris par la colère, juste tristes. Après un silence mélancolique, elle prit la parole d'une voix douce :

— Je ne veux pas que ça se passe comme ça.

Il ne se rappelait pas l'avoir entendue lui parler ainsi durant les mois avant son départ.

Légèrement embarrassé, il passa une main dans ses cheveux mouillés et haussa les épaules.

— Je pensais que tu voulais te disputer avec moi.

— Se disputer peut être sain, c'est vrai. Mais je ne veux pas que nous soyons cruels l'un envers l'autre. Je savais que les choses seraient difficiles, ce week-end…

Sa voix mourut avant qu'elle relève le regard vers lui. L'éclat mouillé de ses yeux lui fit mal.

— C'est beaucoup plus dur que je ne m'y attendais.

Massimo s'appuya contre la porte de la salle de bains et ferma les yeux.

— Pour moi aussi, avoua-t-il. Je n'aurais pas dû dire ce que je t'ai dit. Je suis désolé.

— Je ne savais pas que c'était comme cela que tu voyais les choses.

— Ce n'est pas le cas.

Comme elle levait un sourcil incrédule, il précisa :

— Pas de la façon dont je l'ai dit, en tout cas.

— À t'entendre, je suis une grande hystérique.

Un sourire lui vint aux lèvres.

— Je me suis défoulé sur toi. C'était injuste. Être avec toi… (Il soupira.) Je n'arrive pas à expliquer comment je me sens.

— Moi, je me sens atrocement triste, murmura-t-elle.

Elle plaqua les paumes sur ses yeux, prit une grande inspiration et redressa la tête.

— En tout cas, je veux que tu saches que quand nous devrons signer les papiers du divorce je ne demanderai aucune pension.

— Je ne voulais pas dire… Nous pouvons très bien trouver un accord, tu sais.

— Non, pas de pension. Tu m'as déjà donné assez d'argent depuis que nous sommes mariés et je n'ai presque rien dépensé. J'ai largement de quoi acheter un appartement…

— Tu ne l'as toujours pas fait ? l'interrompit-il. Tu étais supposée en acheter un quand tu es rentrée à Rome. Tu devais voir avec mon avocat directement.

Il avait prévenu ses avocats et comptables que sa femme achèterait un bien en son nom et qu'ils devaient se tenir prêts à transférer l'argent dès qu'elle le leur demanderait. Il avait précisé qu'il ne voulait pas être tenu informé de la transaction. Il ne voulait pas savoir quand elle ferait ce dernier pas symbolique hors de sa vie.

— J'ai loué mon ancien appartement, expliqua-t-elle.

Elle ne précisa pas qu'elle avait été incapable de lancer la moindre recherche. Acheter si loin de lui était tellement radical qu'elle n'avait pas encore pu s'y résoudre.

Pourquoi n'arrivait-elle pas à avancer ? La triste vérité, aussi tragique soit-elle, c'était que Massimo et elle étaient incompatibles. Elle avait été folle de s'imaginer l'inverse.

Elle le savait quand elle l'avait quitté. Ce qui n'avait pas empêché son cœur de manquer un battement à chaque fois que son téléphone vibrait, avant de sombrer en voyant un autre nom que le sien apparaître sur l'écran. Massimo ne l'avait pas contactée une seule fois depuis qu'elle était partie.

— Quand toute cette histoire sera derrière nous, je compte reprendre mon métier d'infirmière, reprit-elle.

Il laissa sa tête aller en arrière contre la porte et soupira :

— Tu n'as pas besoin de reprendre le travail, Liv.

L'entendre prononcer ce surnom faisait si mal ! Massimo était le seul à l'appeler ainsi.

— J'ai besoin de retrouver un but. J'aime aussi l'idée de gagner mon argent par mes propres moyens. Je n'ai jamais voulu être une femme entretenue.

— Laisse-moi au moins t'acheter une maison comme nous en étions convenus. La loi te donne droit à bien plus…

Et il le lui donnerait de bon cœur, cela ne faisait aucun doute. Si seulement il pouvait se montrer aussi généreux de son temps qu'il l'était avec son argent !

— Merci, murmura-t-elle en se levant, le cœur lourd. Je vais te laisser t'habiller. Je vais me faire un café, tu en voudras un ?

— Oui, merci beaucoup.

Avec un sourire, elle quitta la pièce. Elle se força encore à sourire devant la cafetière, jusqu'à ce que les larmes qu'elle retenait sèchent d'elles-mêmes.

Ce n'est qu'une demi-heure plus tard, alors qu'elle prenait à son tour une douche, qu'elle prit conscience que

Massimo et elle venaient d'avoir leur première conversation depuis un an : un échange verbal qui n'avait pas dégénéré en récriminations face à son silence buté.

Le ciel sans nuages était devenu bleu foncé et le soleil avait viré à l'orange lorsque Livia sortit du cottage. Elle trouva Massimo sur la terrasse couverte, une bouteille de bière à la main, son téléphone dans l'autre. La cheville nonchalamment posée sur son genou, il portait un jean tout simple et une chemise blanche. Le voir aussi beau sur cette terrasse qu'elle avait conçue avec l'architecte en songeant aux moments qu'elle y passerait avec Massimo l'attristait profondément.

Ce cottage, *leur* cottage, avait été la seule chose à susciter l'intérêt de Massimo dans tout ce projet. Ils avaient choisi de le construire sur une avancée rocheuse dans la mer, à l'abri de la montée des eaux. À marée basse, un bras de sable permettait d'y accéder plutôt que d'utiliser le pont. Cet endroit devait être leur petit paradis privé. La piscine en forme de fer à cheval, le jardin et la terrasse étaient entièrement cachés à la vue.

Jusque-là, Livia avait évité de songer à l'organisation qu'ils prendraient pour la nuit. Le cottage n'avait qu'un seul lit. Elle pourrait toujours dormir sur le canapé, parce que le grand corps de Massimo n'y tiendrait jamais.

Quand il l'entendit approcher, Massimo leva les yeux vers elle. Aussitôt, il décroisa les jambes et se raidit, les pupilles légèrement dilatées. Livia ne put s'empêcher de savourer sa réaction. Elle s'était maquillée et coiffée avec soin pour le dîner. Ce n'était pas la vanité qui l'avait poussée à faire ces efforts, mais plutôt le besoin de préserver son armure. Quand elle était au mieux de sa forme physique, son moral s'en trouvait amélioré.

Massimo éteignit son téléphone en déployant un effort surhumain pour contrôler la tempête d'émotions qui se levait en lui. Livia avait passé un pantalon blanc qui laissait voir ses chevilles et un haut rouge soyeux avec un profond décolleté. Ses espadrilles à brides blanches allongeaient sa silhouette sans rien enlever à ses courbes naturelles.

Dire qu'il y avait eu une époque où il l'aurait attirée à lui, les mains posées sur ses hanches… La chaleur qui lui incendiait les reins prouvait que rien n'avait vraiment changé depuis cette époque. Du moins pour lui. Il la désirait toujours avec la même force.

— Tu es prête ? demanda-t-il en faisant de son mieux pour ne pas révéler son trouble.

Comme elle hochait la tête, il termina sa bière et se leva.

En silence, ils firent le tour du cottage par la galerie qui contournait toute la construction et prirent la direction du lodge.

Toute la famille les avait devancés et était déjà installée autour d'une table, en pleine conversation. L'un des soignants de Jimmy lisait discrètement dans un coin de la pièce. Le dîner passa vite et ils ne veillèrent pas très tard. Son grand-père, très fatigué après le bateau, ne mangea qu'une soupe avant d'aller se coucher. Quant à Madeline et Raul, ils durent batailler avec une Elizabeth particulièrement ronchonne. La petite n'avait fait que grimacer à chaque cuillère que sa mère essayait de lui faire avaler. À voir l'aspect du plat en question, Massimo ne pouvait que comprendre sa nièce quand elle arracha la cuillère des mains de Madeline avec un cri de guerre. Quand son père essaya courageusement de la nourrir, son petit visage tourna au rouge vif et elle laissa exploser sa fureur. Elle gagna la bataille quand ses parents, dépités, l'emmenèrent se coucher.

Massimo était sur le point de prendre congé à son tour pour rentrer travailler au cottage lorsque son père lui proposa une partie de scopa. Le regard plein d'espoir de sa mère bloqua dans sa gorge le refus poli qu'il s'apprêtait à prononcer. Pas besoin de regarder Livia pour savoir que son expression le mettrait au défi de refuser. Alors, avec un sourire forcé, il répondit :

— Bien sûr…

Les sourires rayonnants de ses parents lui serrèrent la poitrine.

Il fit signe à un barman et bientôt, le jeu italien de quarante cartes fut déposé sur une des tables extérieures, accompagné d'une bonne bouteille de bourbon, de quatre verres et d'un seau de glace. Massimo, en équipe avec son père, s'installa face à lui pendant que sa mère prenait place à côté de lui et Livia près de son père. Il battit les cartes, leur en distribua trois à chacun et quatre, face visible, sur la table. La scopa commença.

Au bout d'un moment, Massimo prit conscience que ce qui avait commencé comme une corvée s'était transformé en deux heures de plaisir dans la douceur de la nuit. Ses parents avaient beau être les deux personnes les plus souples et faciles à vivre de la planète, quand il s'agissait de gagner aux cartes, ils étaient impitoyables. La fibre de gagnante de Livia s'était elle aussi réveillée.

Quand le score passa à 2-0 en faveur des hommes, Livia et Sera multiplièrent soudain les allers-retours aux toilettes. Peu après le déclenchement soudain de leurs ennuis de vessie, Massimo repéra sa mère en train de sortir furtivement une carte de son sac à main. Comme il l'accusait, Sera se contenta d'éclater de rire sans montrer la moindre gêne.

Livia rit à son tour et ce son, très sensuel, le ramena d'un seul coup en arrière, au mariage de Madeline, quand il l'avait entendue rire pour la première fois. Il détourna rapidement ses pensées de ce souvenir, confisqua la carte incriminée, mais découvrit avec stupeur qu'il prenait cela à la légère, lui aussi.

Une minute plus tard, Livia se levait pour utiliser les toilettes une nouvelle fois quand deux cartes glissèrent de son haut.

— À la guerre, comme en amour, tout est permis ! s'exclama-t-elle, les yeux brillant d'une lueur qu'il n'y avait plus vue depuis si longtemps qu'il cessa de lutter.

Incapable de détourner le regard, il sentit monter en lui le désir qu'il avait vainement tenté de contenir. Le temps d'une respiration, le regard de Livia se chargea d'émotions. Cet échange muet ne dura qu'un instant, mais son intensité lui coupa le souffle.

Puis elle détourna la tête.

— J'ai vraiment besoin de passer aux toilettes, murmura-t-elle en se baissant pour récupérer les cartes illicites et les poser sur la table.

À l'abri dans les toilettes pour femmes, Livia posa les deux mains sur le lavabo et prit une profonde inspiration. L'espace de quelques interminables secondes, sous le regard de Massimo, elle avait bien cru que son cœur allait exploser.

Cette partie de scopa avait été tellement divertissante qu'elle en avait oublié un instant que Massimo et elle étaient sur le point de divorcer. Pendant un moment merveilleux, elle avait été transportée dans le passé, quand leur mariage était empli d'amour, de désir et de joie. Elle avait toujours adoré faire rire Massimo. Depuis quatre mois, elle n'avait plus ri elle-même… Jusqu'à ce soir.

Quand elle ressortit sur la terrasse, la table avait été débarrassée des cartes. Sera et Gianni vinrent à sa rencontre pour lui souhaiter une bonne nuit, puis quittèrent le lodge. Elle se resservit un verre de bourbon et écouta les bruits apaisants de la nuit tropicale, consciente de la proximité de Massimo dans l'ombre.

— On devrait rentrer au cottage, nous aussi, suggéra-t-elle sans le regarder.

Ils avaient passé plus de vingt-quatre heures à traverser des fuseaux horaires. Le voyage, ajouté à la tension de leurs retrouvailles, l'avait épuisée. Pourtant, elle voyait mal comment elle parviendrait à s'endormir tant elle était sur les nerfs. Comme il ne répondait pas, elle leva les yeux vers le ciel. À Los Angeles, depuis les hauteurs de la ville, il lui avait paru immense, mais sur cette île, il semblait s'étendre à l'infini.

— Prends le lit. J'ai du travail à finir.

— Le canapé est trop petit pour toi. Tu ne vas quand même pas travailler toute la nuit ?

Il en était parfaitement capable, elle le savait d'expérience.

— Je dormirai dans le hamac.

— Il y a un hamac ?

— Sur la terrasse.

— Je n'ai pas fait attention, murmura-t-elle.

Elle avala une gorgée d'alcool. Elle ne risquait pas de remarquer le moindre hamac alors qu'elle ne voyait que lui.

Ils finirent leurs verres et, en silence, retournèrent ensemble au cottage. Elle avait beau s'efforcer de se concentrer dans la contemplation du paysage, éclairé çà et là par des lampes solaires, elle ne parvenait pas à ignorer la haute silhouette de Massimo, tout près d'elle.

Quand ils parvinrent au cottage, il récupéra l'ordinateur qu'il avait laissé sur la table. Livia sentit son cœur se serrer. Cet endroit aurait dû être leur nid d'amour. Tout ici avait été dessiné et imaginé, avec enthousiasme, avant que Livia comprenne qu'ils n'auraient jamais le temps de venir. Pour Massimo, le temps libre n'existait pas.

— Je vais travailler sur la terrasse, lâcha-t-il d'un ton abrupt. Dors bien.

Sa réponse ne fut qu'un murmure inaudible. Déjà, il refermait la porte vitrée en silence.

Massimo alluma son ordinateur et répondit à quelques mails urgents avant de se rendre compte qu'il n'arrivait pas à travailler.

Avec un soupir, il se passa la main dans les cheveux et ferma les yeux. Le diagnostic était sans appel : Livia avait repris possession de son esprit. Il se retrouvait exactement dans le même état qu'au début de leur relation, quand il peinait à rester concentré plus de dix minutes.

Il devait tenir le coup ! Plus que deux nuits et une journée et tout serait fini. Elle retournerait à sa nouvelle vie en Italie, et lui poursuivrait la sienne à Los Angeles.

Heureusement qu'il avait pensé à faire installer ce fichu hamac quand il s'était rappelé que le cottage ne comptait qu'un seul lit. Il allait prendre un dernier verre pour embrumer son esprit et tenter de dormir un peu.

Sans bruit, il revint à l'intérieur. Mais avant qu'il ait appuyé sur l'interrupteur, il aperçut un rai de lumière sous la porte de la chambre. Pourquoi Livia ne dormait-elle toujours pas ? Que faisait-elle ? Portait-elle le même pyjama que dans l'avion ? Il imagina la soie qui moulait ses courbes. Sa gorge s'assécha. Comme hypnotisé, il s'approcha de la porte et l'entendit parler au téléphone.

Son cœur cessa de battre. Avec qui pouvait-elle bien bavarder au milieu de la nuit, sinon un amant ? Il eut beau se mépriser pour sa faiblesse, il fut incapable de refréner sa curiosité douloureuse.

Il colla son oreille à la porte. Il ne parvenait pas à entendre ses paroles, cependant il devina la peine qu'exprimait sa voix.

Soudain, quelques mots distincts parvinrent à ses oreilles :

— S'il te plaît… Je t'aime.

7.

Les cauchemars lui avaient empoisonné l'existence depuis sa plus tendre enfance. Et cette nuit, ils ne lui avaient pas laissé de répit. Livia se doucha sans parvenir à effacer la sensation de fatigue qui lui brûlait les paupières. Elle s'habilla d'un deux-pièces noir, d'un short en jean et d'un T-shirt blanc tout simple.

Après des années d'entraînement, elle avait appris à se détacher des soucis de Gianluca – elle n'aurait plus fermé l'œil sans cette distance salvatrice. Seulement, les problèmes actuels de son frère étaient trop sérieux pour la laisser en paix.

Et puis, même sans Gianluca pour assombrir son humeur, elle aurait eu du mal à dormir de toute façon. Elle n'était jamais parvenue à conserver une distance émotionnelle avec Massimo. Alors dormir dans un lit qu'ils auraient dû partager ne pouvait que la perturber. Ils avaient choisi ce lit ensemble quand il n'était pas encore question de divorce, quand ils étaient encore des amants pleins de fougue.

Avant de quitter le cottage, Livia vérifia son téléphone, car Gianluca lui avait promis de lui écrire un message, ce qu'il avait fait pour lui assurer que tout allait bien et que rien ne s'était passé dans la nuit. Cependant, le répit ne serait que de courte durée, elle le savait.

Sur la terrasse, elle trouva Massimo déjà installé devant une tasse de café, dans les mêmes vêtements que la veille. Il avait dû le préparer quand elle était sous la douche, pourtant, il n'avait pas pensé à lui en servir une tasse. Il ne leva d'ailleurs même pas la tête pour la saluer.

Inutile de s'attarder sur ces détails si elle voulait bien commencer la journée. Son regard se posa sur le hamac qui traversait la terrasse de part en part. Comment avait-elle pu ne pas le remarquer plus tôt ?

— Alors ? Comment as-tu dormi là-dedans ? demanda-t-elle avec une légèreté feinte.

Il haussa les épaules.

— Ça ne m'ennuie pas d'y dormir à mon tour ce soir…

— Pas besoin.

— Mais ce n'est pas très juste que tu…

— Pas besoin, je t'ai dit, la coupa-t-il. Je vais prendre une douche.

Livia resta un instant stupéfaite devant sa réaction. Depuis quand Massimo se levait-il d'aussi méchante humeur ? Bien qu'elle n'en comprît pas la raison, elle sentait que cette colère était dirigée contre elle.

— Je vais aller me préparer un café. Je t'en aurais bien proposé un, mais comme tu t'es déjà servi…

Elle n'obtint qu'un vague grognement pour toute réponse. Exaspérée, Livia rejoignit la porte à grands pas pour rentrer avant lui. Une fois à l'intérieur, il la dépassa pour gagner la salle de bains dont il ferma brutalement la porte.

Dans la cuisine luxueuse, elle sortit un mug d'un placard en claquant la porte à son tour. Avec des gestes brusques, elle fit tomber une cuillère de sucre dans le fond de la tasse et enclencha la dosette de café dans la machine.

Livia bouillait de rage. Comment osait-il la traiter ainsi alors qu'elle prenait sans cesse sur elle pour que les choses se passent aussi bien que possible ?

Seul dans la salle de bains, Massimo regarda les produits de beauté laissés pêle-mêle près du lavabo et il enfonça les mains dans les poches pour se retenir de tout jeter au sol d'un geste rageur.

D'après les sons qui provenaient de la cuisine, Livia avait plus de mal que lui à contrôler sa colère. Malgré le brouillard de rage qui embrumait sa conscience, Massimo savait que la fureur qui bouillonnait en lui était dirigée contre lui-même. Jusqu'à ce qu'il l'entende prononcer ces mots d'amour, il n'avait jamais réellement cru, au fond de lui, qu'elle ait pu trouver quelqu'un d'autre. Avoir la confirmation qu'elle avait bel et bien un amant faisait plus mal qu'il n'aurait pu l'imaginer.

Quand elle était apparue ce matin, si belle, et totalement hors de portée à présent qu'il savait la vérité, il avait perdu pied. Cette douleur-là était différente. Depuis qu'elle était partie, son cœur lui paraissait plus lourd. S'il s'immergeait dans le travail, ce chagrin constant était supportable. Mais cette souffrance… Elle lui faisait l'effet de milliers de ronces qui s'enfonçaient dans son cœur. Elle l'empêchait de respirer ou de réfléchir correctement.

Comment pouvait-elle continuer à faire semblant que tout allait bien entre eux devant sa famille alors qu'un autre homme avait embrassé ses lèvres, alors que ses mains avaient touché un autre corps ? Était-ce pour cet amant qu'elle avait fait couper ses cheveux ?

La nausée lui retournait l'estomac à cette idée, aussi se débarrassa-t-il brutalement de ses vêtements, envoyant son jean valser à l'autre bout de la pièce.

Il régla la température au plus froid et se força à rester immobile sous l'eau glacée aussi longtemps qu'il put le supporter. Malheureusement, cela n'eut pas grand effet sur les émotions violentes qui l'envahissaient.

Après avoir choisi un short et un T-shirt dans son propre dressing – il avait été bien inspiré de ne pas en faire un commun avec elle – il retourna dans la chambre à coucher.

Aussitôt, ses yeux tombèrent sur le lit parfaitement fait. Il n'était jamais parvenu à lui faire lâcher cette habitude. Dans leur maison de LA, elle refaisait le lit tous les matins, même en sachant pertinemment que l'équipe de nettoyage le referait plus tard.

Massimo sentit la tension se desserrer un peu autour de son cœur. Il n'avait aucun droit d'imposer cette jalousie ridicule à Livia. Elle n'avait rien fait de mal, après tout. Leur mariage était terminé.

Hélas, l'accalmie ne dura pas. Dès qu'il entra dans le salon et la vit, les chevilles croisées sur la table basse, les doigts virevoltants sur l'écran de son téléphone, l'air concentré, la rage revint de plus belle.

Elle écrivait encore à cet homme…

— Comptes-tu me dire ce que j'ai fait pour t'énerver ? demanda-t-elle d'une voix détachée sans lever les yeux vers lui.

— Tu n'as rien fait, répondit-il avec raideur.

Elle émit un « pfft » qu'il ne connaissait que trop bien.

— J'ai mal dormi, admit-il en tentant de prendre un ton moins hostile.

— Tu m'as dit que tu serais bien dans le hamac.

— Ce n'est pas le hamac. Je n'ai pas réussi à reposer mon esprit, c'est tout.

C'était la plus stricte vérité. Comment aurait-il pu dormir alors qu'il était sans cesse assailli d'images de sa femme avec un autre homme ?

Quand elle leva enfin les yeux vers lui, il lut le doute dans les profondeurs sombres de ses iris.

Après un long silence tendu, Livia poussa un soupir et reposa son téléphone sur la table. Une seconde plus tard, il se mit à vibrer, et elle se précipita pour lire le message qui s'affichait à l'écran. Elle ne put retenir un nouveau soupir.

— Un problème ? demanda Massimo.

Elle percevait toujours son animosité et sa méchante humeur avait fini par assombrir la sienne. Cependant, la panique grandissante qui montait en elle avait besoin d'être évacuée, au moins en partie. Elle se frotta les yeux avant de le regarder.

— Gianluca.

Il fronça les sourcils.

— Que s'est-il passé ?

— Don Fortunato l'a convoqué pour le rencontrer en personne.

Inutile de préciser ce que ça signifiait. Gianluca allait être invité à « prouver sa valeur ». S'il y parvenait, il deviendrait l'un des soldats de Don Fortunato, une nette promotion par rapport à son statut actuel de simple guetteur.

— Une convocation… Donc la rencontre n'a pas encore eu lieu ?

— Pas encore, non. Gianluca doit aller le voir chez lui ce soir.

La mort de leur père, qui s'était toujours montré d'une loyauté inébranlable, avait désigné tous les enfants Esposito comme des membres potentiels de la garde rapprochée du chef de clan. Aujourd'hui, c'était à son plus jeune frère de faire allégeance. S'il voulait l'existence que Don Fortunato lui offrait, Gianluca n'aurait qu'à obéir… en commettant un crime.

— Que va-t-il faire ?

— Je ne sais pas, murmura-t-elle.

Elle se pinça l'arête du nez en s'efforçant d'apaiser ses pensées. Pasquale avait été convoqué de la même manière dans les jours qui avaient suivi son seizième anniversaire. Livia avait perdu un premier frère ce jour-là. Le manque de maturité de Gianluca avait dû être remarqué, ce qui expliquait qu'il ait connu un répit de deux ans. Deux ans qu'elle avait passés à le supplier de s'enfuir pour saisir l'opportunité de vivre une autre vie. S'il allait à la rencontre de Don Fortunato ce soir, il n'y aurait plus de retour en arrière. Quelle que soit la mission qu'on lui confierait, elle irait bien au-delà d'un petit délit. Après cette rencontre, Gianluca deviendrait forcément un criminel.

— Je lui ai offert de l'argent, et il sait qu'il y a une chambre pour lui dans mon appartement. Il veut partir, seulement, il a peur.

Elle aussi avait peur, bien plus pour son petit frère qu'elle n'avait eu peur pour elle, en vérité.

— Quand t'en a-t-il parlé ?

— Hier soir. Il a appelé quand je me mettais au lit.

— Hier ? répéta-t-il.

Elle crut voir sur son visage un soulagement qu'elle ne comprit pas.

— Il a toujours su que ce jour viendrait, mais il se disait à chaque fois que ce serait pour plus tard, tu comprends ? En attendant, il était bien content de traîner avec ses amis sur leurs stupides scooters… Quelle ironie que, le jour où cela arrive, je sois justement à l'autre bout de la planète et incapable de l'aider !

Tous les plans qu'elle avait faits tombaient à l'eau. Elle était trop loin et pas du tout certaine que son jeune frère aurait le courage de partir sans sa présence pour le soutenir.

Massimo alla jusqu'à la cuisine et sortit des tasses du placard pour leur verser deux cafés frais.

— Comment as-tu fait pour t'enfuir, toi ?

— Tu le sais. J'ai pris mes économies et j'ai sauté dans le premier train sans un regard en arrière.

Il enclencha une dosette dans la machine.

— Et tu l'as fait sans aide.

— Oui, mais je n'étais pas dans sa position.

— Est-ce que Gianluca a mis de l'argent de côté ?

Le concept d'économies était malheureusement totalement étranger à son frère.

— Non, soupira-t-elle. Je lui ai proposé de lui transférer l'argent pour son billet de train mais il a peur de le prendre. Il sait qu'ils le surveillent.

La frustration lui donnait envie de hurler. Gianluca avait de l'estime et de la tendresse pour elle. Si elle s'était trouvée en Italie, elle aurait été toute proche, la main tendue, pour lui rappeler qu'une autre vie était possible hors du Secondigliano.

— Es-tu certaine qu'il veuille partir ?

— Oui ! J'ai bien entendu dans sa voix à quel point cette convocation l'avait terrifié.

Elle parvint à esquisser un pauvre sourire et referma les doigts sur la tasse qu'il venait de déposer devant elle pour s'empêcher de se ronger les ongles.

— Je pense que mon petit frère a grandi d'un coup cette nuit.

Massimo restait debout, tout près, sa tasse à la main. Étrangement, l'hostilité qui émanait de lui depuis le matin avait disparu. Il prit place dans le fauteuil qui lui faisait face.

— Laisse-moi lui parler, proposa-t-il enfin.

— Toi ? Pourquoi ?

— Je peux l'aider.

— Comment ? Tu es aussi loin que moi.

— J'ai certaines ressources à ma disposition que tu n'as pas. As-tu déjà entendu parler de Felipe Lorenzi ?

Elle secoua la tête.

— Il faisait autrefois partie des Forces spéciales espagnoles et maintenant, il dirige sa propre entreprise dans la sécurité. Il n'emploie que des anciens des Forces spéciales. Ce sont les meilleurs dans ce qu'ils font et ils sont habitués à gérer les situations dangereuses. Ils peuvent le sortir de là.

Livia le fixa un instant, interdite. Elle ne s'était confiée à lui que parce qu'elle était sur le point de craquer sous la pression de la peur et de l'angoisse. Elle ne s'était pas du tout attendue à ce qu'il lui offre son aide.

— Tu… Tu ferais ça ? demanda-t-elle.

Elle lutta pour ne pas laisser cet espoir fou envahir son

cœur. S'ils parvenaient à sortir Gianluca du Secondigliano avant sa rencontre avec Don Fortunato, avant qu'il ait franchi la ligne rouge ou qu'il connaisse un secret du clan qui l'enfermerait à vie dans un silence destructeur, alors il y avait une grande chance qu'il puisse vivre en paix.

Massimo avait déjà sorti son téléphone de sa poche.

— Laisse-moi m'en charger, pria-t-il. D'ici ce soir, ton frère sera à l'abri, loin du Secondigliano.

Entre les préparatifs pour la fête de son grand-père le soir même et le sauvetage du frère de Livia, Massimo ne vit pas la journée passer. Son esprit était occupé, ce qui lui évitait de songer à l'intense soulagement qui avait envahi son cœur quand il avait compris que sa femme n'avait pas échangé de mots d'amour avec un amant. Elle parlait à son frère.

Or, il n'avait pas plus le droit d'être énervé que soulagé. La vie de Livia ne le regardait plus, point final.

Malheureusement, savoir comment il aurait dû penser et agir ne lui évitait pas de subir la souffrance qui s'était installée en lui depuis qu'ils s'étaient retrouvés dans ce maudit jet. Tôt ou tard, il allait devoir s'y faire. Livia rencontrerait un homme qui lui apporterait le bonheur qu'elle méritait, un homme qui saurait lui consacrer tout le temps et l'attention dont elle avait besoin.

Massimo envisagea de trouver quelqu'un pour lui. Une maîtresse régulière, pourquoi pas, si jamais son corps finissait par réagir face à une autre femme que la sienne. En revanche, il ne se marierait jamais plus et n'aurait pas d'enfant.

Avant de rencontrer Livia, il n'avait jamais songé à fonder une famille. Et puis, il s'était pris à rêver, mais elle avait déclaré que leur mariage n'était pas propice à accueillir un enfant et force était d'admettre qu'elle avait raison. Il aurait été aussi mauvais père que mauvais mari.

Alors qu'il laissait son esprit vagabonder, il vit deux silhouettes approcher. Livia rentrait de sa promenade avec son grand-père. Ils étaient partis ensemble explorer l'île où Jimmy avait grandi. Livia était la seule avec laquelle il laissait son grand-père sans inquiétude, même parmi les membres de sa famille. S'il y avait la moindre urgence médicale, elle saurait comment agir, contrairement à ses parents, sa sœur ou lui-même.

Quelle que soit l'ambiguïté de ses sentiments vis-à-vis de son insondable épouse, Massimo ne mettrait jamais en doute ses talents exceptionnels d'infirmière. Elle s'était occupée de son grand-père avec un dévouement qui avait permis à sa famille de dormir correctement la nuit, sans s'inquiéter à chaque instant du sort de Jimmy.

Massimo retint un soupir en sentant son cœur battre plus vite comme il posait les yeux sur elle. D'ordinaire, il ne parvenait déjà pas à contrôler ses réactions physiques quand elle était près de lui ; mais dans cette tenue… Elle avait retiré son T-shirt pour le nouer à sa taille, et sa poitrine haute était mise en valeur par un bikini noir. Tandis qu'elle avançait vers lui en poussant le fauteuil roulant, il avait du mal à détourner le regard de ces rondeurs délicieuses. Ses cheveux, qu'elle portait le plus souvent lâchés, étaient aujourd'hui relevés en une queue-de-cheval haute, sans doute pour mieux supporter la chaleur étouffante. Sa peau dorée avait déjà commencé à foncer depuis qu'ils étaient arrivés sur l'île. Elle était encore plus magnifique, si c'était possible.

Dans le fauteuil, Jimmy s'était endormi. Elle ajusta le parasol au-dessus de lui avant d'adresser à Massimo un sourire prudent, comme pour jauger son humeur. La culpabilité lui serra le cœur. Il se comportait vraiment comme un sale type, parfois. Il avait beau s'en vouloir, il ne contrôlait pas ses émotions dès qu'elle était impliquée.

— Tu as eu des nouvelles ?

— Encore une heure, dit-il en vérifiant sa montre.

La femme de Felipe, Francesca, était sur le point d'accoucher de leur deuxième enfant, aussi c'était Seb, son second, qui avait pris les opérations en main. Il pensait qu'ils avaient de bonnes chances de faire sortir Gianluca du Secondigliano sans que personne remarque leur présence. La seule inconnue restait Gianluca. Tout irait bien s'il ne changeait pas d'avis et se trouvait à l'heure et à l'endroit convenus. S'il avait la moitié de la force mentale de sa sœur, alors le plan se déroulerait à merveille.

Seulement, Massimo avait appris depuis longtemps que « si » était un mot compliqué. Il espérait de tout cœur, pour Livia, que Gianluca prendrait la bonne décision. Il n'aimait pas penser à la détresse qui serait la sienne dans le cas contraire… Elle s'en remettrait, néanmoins, car elle était solide. La vie qu'elle avait connue, enfant, celle dont ils essayaient de sauver aujourd'hui son frère, l'avait rendue forte.

Cependant, c'était la toute première fois depuis qu'il la connaissait que la réalité de son enfance en territoire mafieux entrait dans leurs vies. Jusque-là, ces années avaient été des histoires racontées dans le confort de leur lit, des récits qui n'avaient aucun lien avec son quotidien. Bien sûr, il avait mesuré, intellectuellement, l'horreur de ce qu'elle avait vécu, mais pour la première fois, il *ressentait* véritablement la peur dans laquelle elle avait grandi. C'était comme si cette angoisse qu'elle avait subie si longtemps s'était tout à coup imprimée dans son cœur.

— Dès que j'aurai des nouvelles, je te préviendrai, promit-il.

Gianluca avait reçu l'instruction d'éteindre son téléphone au cas où les hommes de Don Fortunato chercheraient à le tracer.

— Merci. Je… Quoi qu'il arrive… Merci.

Elle prit une inspiration heurtée et Massimo sentit sa propre poitrine se serrer devant sa gratitude sincère. Il ne voyait pas vraiment en quoi il la méritait. Livia avait besoin d'aide et il avait les moyens de la lui fournir. C'était aussi simple que ça.

Soudain, il prit conscience que pas une seule fois, au cours de leur mariage, elle ne lui avait demandé son aide pour quoi que ce soit d'important. Pas une fois. Ironie du sort, la seule chose qu'elle avait exigée de lui était la seule qu'il ne pouvait lui donner : son temps.

Face à lui, elle redressa le menton, à nouveau déterminée et volontaire.

— Je vais aller installer Jimmy plus confortablement et je reviendrai pour aider… Si tu veux bien ?

Comme elle parlait, une voiturette de golf sortit de la forêt, avec à son bord les premiers employés venus préparer la réception. D'autres encore arriveraient, pour s'assurer que la soirée soit parfaite. Sa famille avait proposé son aide, mais il leur avait dit de profiter de leur journée sur l'île sans se soucier de problèmes logistiques. Il voulait s'en occuper seul, comme un dernier présent à son grand-père.

Il était sur le point de formuler le même refus à Livia quand les mots qui sortirent finalement de sa bouche le prirent de court :

— Si tu n'as rien d'autre à faire…

Cette fois, son sourire était immense.

— Rien d'autre que de la bronzette, ce qui m'ennuie beaucoup.

Elle reprit les poignées du fauteuil roulant pour entraîner son grand-père toujours endormi vers le lodge.

Après son départ, Massimo ferma les yeux et inspira profondément. Il n'avait accepté son aide que pour lui offrir une distraction à son inquiétude pendant qu'ils attendaient des nouvelles de son frère. Rien de plus.

Livia sécha ses cheveux, la tête penchée en avant, guettant le retour de Massimo, qui devait la rejoindre.

La soirée commencerait dans trente minutes et il devait encore se doucher et s'habiller. Le temps pressait, même pour un homme qui avait le pouvoir d'être au summum de l'élégance en dix minutes…

Ensemble, ils avaient supervisé l'arrivée et la répartition de tous les employés prévus pour la soirée, l'organisation du délicieux buffet préparé par les chefs, la décoration du lodge. Il fallait s'assurer que les boissons mises à disposition des invités soient variées et en nombre suffisant, et que les cottages soient prêts à accueillir les derniers arrivants. Sans compter la gestion des appels incessants pour régler tel ou tel problème.

Pendant tout ce temps, Massimo l'avait tenue informée de ce qui se passait avec Gianluca. Depuis environ trois heures, son frère était à l'abri, dans un hôtel situé à deux cents kilomètres de Naples. Demain, il quitterait l'hôtel pour rejoindre Rome.

À présent qu'elle savait son frère en sécurité et décidé à tourner le dos à une vie criminelle, Livia était euphorique. Tout son corps vibrait d'un délicieux vertige de bonheur. Le soulagement se diffusait dans chacun de ses membres, rendant ses épaules plus légères. Elle était tellement impatiente de rentrer à Rome pour le serrer dans ses bras !

Massimo l'avait tant aidée…

Depuis toute petite, elle avait appris qu'elle ne pouvait compter que sur elle-même, et cette certitude était tellement ancrée en elle qu'elle n'avait même jamais pensé à demander de l'aide à quiconque. Elle s'était toujours débrouillée toute seule. Peut-être que Gianluca aurait eu le courage de partir seul, mais l'implication de Massimo avait été décisive. C'était la première fois que quelqu'un s'occupait de lui enlever un fardeau et son cœur se gonflait de gratitude.

Quand son frère l'avait appelée depuis l'hôtel, il était certes soulagé, mais aussi déchiré d'abandonner tout ce qui avait été sa vie, tout ce qu'il laissait derrière lui. Elle comprenait parfaitement cette ambivalence. Aussi dangereux soit-il, le Secondigliano représentait son foyer, sa famille, ses amis. Recommencer de zéro n'était jamais facile.

Livia en savait quelque chose. Quitter Massimo avait été encore plus difficile que quitter sa famille. Elle n'avait jamais ressenti le moindre soulagement, seulement une peine grandissante. L'avenir sans lui ne lui avait jamais paru radieux.

Aujourd'hui, elle s'était surprise plusieurs fois à le regarder, le cœur si plein d'émotions qu'elle avait craint qu'il explose. Elle avait été forcée de détourner le regard à chaque fois pour ne pas laisser les larmes couler sur ses joues. Des larmes de pure tristesse quand elle songeait à tout ce qu'ils avaient perdu.

Après des heures passées à travailler avec lui dans l'harmonie, à plaisanter, à se soutenir mutuellement, elle avait eu l'impression d'être revenue aux premiers jours de leur mariage. Comment avaient-ils pu abandonner tout cela ?

Comme elle finissait de se sécher les cheveux, elle entendit un nouvel avion atterrir. D'autres invités arrivaient. L'île ne possédait qu'une seule piste d'atterrissage qui ne pouvait accueillir que de petits avions. Aussi, les invités arrivaient-ils au compte-gouttes, comme les employés. Une partie faisait aussi le trajet à bord du yacht de Massimo.

Elle finissait tout juste d'appliquer son rouge à lèvres quand la porte de la chambre s'ouvrit. La silhouette de Massimo apparut dans le miroir.

Elle le regarda, le souffle soudain court. Elle s'éclaircit la gorge et se tourna pour lui faire face en priant pour qu'il ne remarque pas son trouble.

— J'allais envoyer une équipe te chercher.

Ses yeux brillèrent d'amusement.

— J'avais un coup de fil important. Tu me donnes dix minutes ?

Elle hocha la tête. Il entra et elle passa devant lui pour lui laisser la place. Comme elle atteignait la porte, il se tourna vers elle.

— Tu es magnifique, murmura-t-il.

8.

Le soleil couchant baignait l'intérieur du lodge d'une lumière dorée qui s'accordait à la perfection avec les délicates lampes d'extérieur disposées jusque dans les arbres. Le spectacle était si beau que Livia ne put retenir un soupir de plaisir. Les fleurs tropicales embaumaient l'air à la tombée du jour et leurs parfums parurent encore plus merveilleux à son cœur allégé. Les immenses baies vitrées du lodge étaient grandes ouvertes et un flot de musique et un bruit de conversations en sortaient.

Livia fit son entrée au bras de Massimo, sexy à tomber dans un smoking noir assorti d'une cravate bleue dont elle pressentait qu'il ne la garderait pas plus longtemps que le strict nécessaire. De retour au cottage, il avait pris très exactement treize minutes pour se laver, s'habiller et se raser. Il avait même eu le temps de discipliner ses épais cheveux noirs.

Depuis l'instant où ils avaient refermé la porte du cottage pour marcher dans la douceur du soir, Livia avait dû refréner une irrépressible envie de lui prendre la main. Heureusement, ils étaient parvenus au lodge juste à temps pour qu'elle ne cède pas à la tentation.

Aussitôt, ils furent accueillis par une marée de visages souriants. Madeline la rejoignit bientôt.

— Livia ! Viens avec moi ! Nous allons te présenter à ceux que tu n'as jamais rencontrés.

Elle ajouta tout bas :

— Tout le monde semble me connaître mais je n'ai pas la moindre idée de qui sont la plupart de ces gens, alors tu me souffleras leurs noms, d'accord ?

Livia éclata de rire avant de la suivre dans la foule. Elle salua nombre d'étrangers, en s'assurant de répéter les noms de chacun pour Madeline.

Il y avait là quelques-uns des amis d'enfance de Jimmy, mais aussi des camarades rencontrés pendant son engagement volontaire dans la Seconde Guerre mondiale. En tout, quatre-vingt-dix convives étaient venus fêter les quatre-vingt-dix ans du vieil homme.

Faire venir tous ces gens sur l'île avait été un cauchemar logistique, mais le sourire enchanté de Jimmy prouvait que tous les efforts de Massimo en avaient valu la peine. Livia sentit son cœur se gonfler de tendresse et d'affection pour le vieil homme. Depuis leur toute première rencontre, elle avait été touchée par la gentillesse et la dignité qui émanaient de lui, des qualités qu'elle avait retrouvées chez chacun des membres de cette famille. Voilà le genre de foyer dans lequel elle aurait tant voulu grandir, un foyer plein d'amour et de sécurité. Certes, il y avait aussi de l'amour chez les Esposito, mais c'était un amour dur et exigeant, qui n'avait rien d'inconditionnel.

Son regard glissa vers Massimo et elle sentit son cœur se gonfler davantage. Il s'était accroupi pour parler à une dame âgée. Il était si différent du reste de sa famille ! Pourtant, il montrait la même gentillesse naturelle. Et il était d'une générosité exceptionnelle. Tout cela : acheter l'île, construire cet immense complexe… il l'avait fait pour que son grand-père puisse passer un dernier anniversaire parfait. Cette île devait être l'héritage de Jimmy. Les employés étaient tous formés pour préserver la nature, ainsi, la descendance du vieil homme pourrait profiter de ce paradis protégé pendant encore des décennies. Tout cela grâce à la générosité de Massimo.

Massimo faisait de son mieux pour se concentrer sur la discussion avec une grand-tante qu'il n'avait encore jamais rencontrée. Elle lui exprimait sa gratitude pour la soirée et pour le plaisir qu'elle avait de revoir son plus jeune frère après presque soixante-dix ans. Il l'imaginait sans peine, petite fille, jouant avec Jimmy et leurs frères et sœurs…

Cependant, il était constamment distrait par son épouse. Livia était toujours très belle, mais ce soir, elle était époustouflante. Bien qu'il lutte à chaque instant pour ne pas la dévorer du regard, il savait toujours exactement où elle se trouvait. Pour l'instant, par exemple, elle était installée à une table près du buffet, avec son père. Tout en elle appelait ses regards. Depuis la robe moulante à sequins noirs fendue à mi-cuisses, jusqu'au collier d'or qu'elle portait au cou et aux boucles d'oreilles qui scintillaient dans ses cheveux. Tout en elle brillait…

Il retrouvait ce soir la femme qu'il avait vue pour la première fois. Une femme pleine de vie, avec son rire sensuel et son assurance à toute épreuve, celle pour qui la barrière de la langue n'était jamais un problème.

Il ne comprenait pas où cette femme merveilleuse avait pu disparaître pendant ces terribles mois qui avaient précédé leur rupture. Bien sûr, le sauvetage de son frère jouait un rôle dans son humeur légère de ce soir. Mais le fait était que leur mariage avait transformé Livia et que Massimo ne pouvait s'empêcher de se sentir responsable de cette triste métamorphose.

Soudain, son regard plongea dans le sien et il retrouva cette sensation incroyable d'être frappé par la foudre. Le temps s'était comme arrêté et il aurait été incapable de dire combien de temps ils se fixèrent ainsi. Il n'entendait plus que le grondement de son sang à ses oreilles.

Il prit rapidement congé et parvint enfin à rompre le lien étrange qui venait de se nouer entre Livia et lui. Bon sang ! Il avait grand besoin d'un verre. Il contournait un groupe de jeunes enfants qui dansaient quand il vit son grand-père lui faire signe de le rejoindre.

Massimo se baissa à hauteur du fauteuil et prit la main de Jimmy dans la sienne. C'était comme toucher du parchemin.

— Tu t'amuses bien, *nonno* ?

— Tu as rendu un vieil homme très heureux, ce soir. Merci, mon grand.

Sa gorge se serra quand il entendit la voix affaiblie de Jimmy. Il serra doucement la main frêle.

— C'était un immense plaisir.

Les yeux qui avaient été autrefois de la même couleur que les siens s'étaient voilés, avec l'âge, mais ils restaient attentifs.

— Que doit faire un vieil homme pour avoir un bourbon ?

— Je croyais que l'alcool ne t'était pas recommandé.

— À quoi bon tous ces conseils quand on est en train de mourir ?

Massimo déglutit avec difficulté. Cette fois, ce fut Jimmy qui prit ses mains dans les siennes.

— Je n'ai pas peur de mourir, Massimo. J'ai eu une belle vie. Tous ces gens réunis me rappellent à quel point elle a été merveilleuse. J'ai vécu, vraiment *vécu*, et pour le peu de temps qu'il me reste, je veux vivre encore.

Sans bien comprendre pourquoi, Massimo eut soudain l'impression que son grand-père tentait de lui dire quelque chose.

Il posa les lèvres sur le crâne dégarni en regrettant de ne pas trouver les mots pour lui dire à quel point il comptait pour lui.

Le temps qu'il revienne avec un verre de bourbon, une foule compacte s'était rassemblée autour du vieil homme. Comme il n'avait aucun désir de se retrouver piégé dans une multitude de conversations creuses, il rebroussa chemin vers le bar pour siroter le whisky. Il en était au deuxième quand Livia apparut près de lui.

— Tu te caches ? demanda-t-elle.

— Je prends juste une pause.

Ses yeux bruns l'étudièrent, mélange d'amusement et de sympathie. Livia savait à quel point les conventions sociales lui pesaient.

Elle attira l'attention du barman et commanda un cocktail.

— C'est une soirée magnifique.

— Les gens s'amusent bien, tu crois ?

— Énormément. Regarde…

Elle lui désigna l'un des canapés où deux des gamins sur lesquels il avait failli trébucher tout à l'heure s'étaient endormis. Une fillette, ravie, dévorait une énorme coupe de crème glacée.

Massimo sourit en se sentant transporté deux ans en arrière, au mariage de sa sœur. Il ne se rappelait plus ce que Livia avait bien pu raconter ce jour-là, mais elle l'avait subjugué. Envoûté.

Il retrouvait les mêmes émotions aujourd'hui. Preuve, sans doute, qu'elles ne l'avaient jamais réellement quitté.

Les musiciens avaient ralenti le tempo et la piste s'était peu à peu remplie, les enfants surexcités laissant la place aux adultes.

— Allons danser, murmura-t-il.

Elle pencha la tête de côté et se mordit la lèvre.

— Je suppose qu'il faut le faire pour sauver les apparences.

Avec une profonde inspiration, Massimo lui tendit la main. Lentement, elle y déposa la sienne. Le bout de ses doigts pressa l'intérieur de sa paume, provoquant des étincelles sur sa peau.

Sur la piste, il posa deux mains légères sur ses hanches tandis qu'elle plaçait les siennes sur ses épaules. Son parfum délicat l'enivrait. Il serra les dents et prit soin de laisser son regard passer au-dessus de sa tête. Ils bougèrent, au rythme de la musique, leurs corps tout proches l'un de l'autre.

— Quand as-tu retiré ta cravate ? murmura Livia.

Elle faisait de son mieux pour respirer à petites goulées, car la moindre inspiration lui faisait humer le parfum sensuel de Massimo. À chaque nouveau souffle, elle frissonnait. Tout son être était tendu vers l'homme dont les mains lui effleuraient les hanches. Elle en percevait la douce chaleur à travers le tissu de sa robe.

Ses yeux noisette descendirent lentement vers elle. Livia n'entendait plus qu'un léger vrombissement dans ses oreilles alors que leurs deux corps se rapprochaient. Les pointes de ses seins touchèrent le torse de Massimo et une chaleur sourde monta en elle, du plus profond de ses reins. Ses propres mains descendirent malgré elle pour caresser ses épaules, puis remontèrent vers son cou.

La main de Massimo suivit la ligne de son dos avant de se poser sur ses reins. D'une pression douce et ferme, il l'attira plus près encore, si près qu'il sentit les battements de son cœur à l'unisson du sien.

Elle sentit sa bouche se poser au sommet de son crâne. Son souffle brûlant passa dans ses cheveux. Bien trop émue pour seulement respirer, Livia ferma les yeux.

Il caressa du doigt une boucle.

Livia émit un souffle entrecoupé.

Il emprisonna la boucle autour de son doigt.

Comme envoûtée, Livia tourna le visage pour poser les lèvres sur sa gorge…

Un corps les heurta.

Aussitôt, ils se séparèrent. La personne prononça des paroles étrangères à ses oreilles, mais qu'elle reconnut comme des excuses.

Elle perçut dans le regard de Massimo le même étourdissement qui l'avait saisie, puis il cligna des paupières et son regard redevint neutre.

Une chanson qui passait sur toutes les radios du monde retentit et tous, jeunes et vieux, commencèrent à se déhancher sur la musique.

Livia les regardait, encore interdite. Pendant quelques minutes, elle avait tout oublié. *Ils* avaient tout oublié.

Le reste de la soirée passa en un éclair et Livia se retrouva bientôt sur le chemin du retour vers le cottage, avec Massimo. Avaient-ils échangé un mot depuis qu'ils avaient quitté la piste ?

Des images vagues défilaient devant ses yeux. Jimmy, entouré de tous les enfants, qui soufflait ses quatre-vingt-dix bougies. L'immense pièce montée. Les embrassades émues de la fin…

Après le bruit de la soirée, le silence du cottage lui parut assourdissant. Elle jeta un regard vers Massimo, le cœur battant. Elle devait trouver quelque chose à dire, n'importe quoi, pour ne pas laisser le silence s'éterniser. Malheureusement, son cerveau ne fonctionnait plus.

Elle vit son torse se soulever sous une inspiration profonde, puis il annonça d'un ton résolu :

— Je vais me laver les dents et te laisser dormir.

Livia sentit son corps tout entier se raidir pour protester. Elle parvint miraculeusement à acquiescer et le vit aussitôt disparaître dans la salle de bains.

Massimo se brossa les dents avec une vigueur inutile, comme si cela pouvait atténuer le désir incandescent qui lui brûlait les reins.

Une seule danse avec elle avait suffi à mettre à bas toutes ses défenses.

Une seule caresse de sa main avait affolé son pouls.

Un seul de ses regards avait mis son cœur à feu et à sang.

Et quand il avait senti son corps se presser contre le sien, il avait compris en un instant que le déni qu'il tentait tant bien que mal de préserver avait explosé en mille morceaux. Il ne pouvait plus prétendre qu'il ne la désirait pas comme un fou. Il sentait encore ses lèvres douces contre la peau de son cou. Son corps tout entier vibrait au souvenir de leur danse.

Quand il fut évident qu'il n'avait plus une seule dent à brosser, il s'aspergea le visage d'eau froide, puis il jeta un regard dur à son reflet.

Il allait quitter cette salle de bains, traverser calmement la chambre, souhaiter une bonne nuit à Livia et aller dormir dans le hamac. Il ne s'attarderait pas. Il n'engagerait pas la conversation. Il ne la toucherait pas. Sous aucun prétexte.

Parce que n'importe laquelle de ses actions reviendrait à ouvrir la boîte de Pandore qu'ils avaient maintenue fermée. Leur mariage était fini pour de très bonnes raisons.

Demain matin, ils se diraient au revoir et partiraient vers deux continents différents. La douleur qui traversa son cœur à cette idée ne signifiait rien d'autre que l'évidence : il n'avait pas su se protéger d'elle. Pour un homme qui avait connu le succès exclusivement grâce à ses propres mérites, l'échec n'était pas facile à accepter. Leur mariage avait été un premier échec, dont la majeure partie lui était imputable. Il allait devoir apprendre à vivre avec, un point c'est tout.

Il se sécha le visage, reposa la serviette et sortit de la salle de bains. Dans le salon, il découvrit Livia dans la cuisine, appuyée sur le comptoir, un verre d'eau à la main.

— Dors bien, marmonna-t-il en se dirigeant vers la porte.

Ce n'est que lorsqu'il eut refermé derrière lui qu'il s'immobilisa. Il ferma les yeux et emplit ses poumons d'air. Il avait réussi. Sa résolution n'avait pas faibli.

Hélas, il sentait toujours les yeux de Livia posés sur lui. Il serra le poing et se retint de l'envoyer dans le mur.

Il devait rejoindre ce satané hamac mais cette fois, ses jambes refusaient de coopérer.

Livia contemplait la porte close, le cœur en miettes. Au plus profond de son âme, elle savait qu'elle ne retrouverait jamais ce qu'ils avaient connu ensemble. Il était impossible d'aimer aussi profondément qu'elle avait aimé Massimo sans y laisser une part d'elle-même.

Après ce soir, une nouvelle certitude s'était imposée à elle : il l'avait aimée, lui aussi. Pour se préserver, elle avait préféré nier cet amour, seulement, ces quelques jours auprès de lui avaient fait revenir tous les bons moments qu'ils avaient partagés, les meilleurs de sa vie.

Elle avait dû se forcer à se concentrer sur les mauvais moments qui avaient eu raison d'eux parce que se rappeler les bons souvenirs, c'était repenser à tout ce qu'ils avaient gâché.

Une résolution nouvelle s'empara d'elle. Elle sortit de l'état de sidération qui la paralysait et ses pieds se mirent en mouvement d'eux-mêmes.

Soudain, la porte s'ouvrit et Massimo apparut dans l'encadrement, le regard assombri. L'espace d'un instant, ils restèrent immobiles, face à face, puis, d'un même mouvement, ils avancèrent l'un vers l'autre.

Livia buvait du regard ce beau visage dont elle n'avait pas cessé de rêver. Tout en elle était tendu, à l'exception de son cœur qui palpitait comme une créature vivante.

Massimo avait ouvert les trois premiers boutons de sa chemise et il s'était débarrassé de sa veste de smoking depuis un bon moment. Son mari dans toute sa splendeur. Incroyablement beau, il n'avait aucune conscience de son pouvoir d'attraction. Savoir que cet homme-là la désirait et la convoitait l'avait fait se sentir très féminine et séduisante. Sous son regard, elle se sentait unique.

Ce qu'elle lisait dans ses yeux en cet instant… Tous

ses sentiments enfouis revenaient à la surface. Lentement, Massimo leva la main et caressa ses cheveux. Lorsqu'il effleura le contour de son oreille, tout son corps frémit. Elle sentit ses jambes faiblir.

Sa main descendit le long de son cou, et elle ferma instinctivement les paupières quand les lèvres qu'elle avait cru ne plus jamais embrasser se posèrent sur sa bouche impatiente.

9.

Massimo savoura, les yeux clos, la sensation des lèvres les plus douces qu'il ait jamais embrassées en inhalant profondément le parfum de Livia. Entre ses bras, il la sentait trembler. Lui-même était à la merci d'une tempête d'émotions, si bien qu'il aurait été incapable de dire ce qu'il ressentait exactement.

Sa seule certitude était qu'il avait besoin de la toucher comme un homme qui se noie a besoin d'air. Elle était son oxygène. Elle était en lui, elle habitait son esprit et son cœur et pour la première fois depuis des mois, il se sentait vraiment vivant.

Quand elle posa une main juste là où battait son cœur, il comprit qu'elle en avait senti les coups puissants. Lui aussi pouvait sentir les battements affolés de son cœur, là où leurs mains étaient jointes. La main qu'il avait posée sur son cou remonta dans ses boucles aussi douces et satinées que dans son souvenir.

Sous sa bouche, elle entrouvrit les lèvres, et son souffle chaud imprégna ses sens. D'un même mouvement, ils libérèrent leurs mains jointes pour refermer leurs bras autour du corps de l'autre. Leurs langues se caressaient sensuellement tandis que le désir qu'il avait tenté de contenir depuis l'instant où elle était montée dans son avion se libérait enfin.

Des saveurs, des parfums, des sensations dont elle avait été trop longtemps privée assaillaient Livia de toutes parts. Éprouver la force des bras de Massimo autour d'elle, savourer son baiser passionné… Tout cela achevait de ramener à la surface des parties d'elle-même qu'elle avait tenté d'oublier depuis des mois. Il avait aboli une à une toutes ses barrières. Cependant, les sentiments qui montaient en elle étaient trop familiers, trop merveilleux pour qu'elle s'en effraie.

Si elle devait passer le reste de ses jours sur une île avec une seule autre personne, il ne faisait aucun doute qu'elle le choisirait, lui. Parce qu'il faisait partie d'elle.

Livia ne voulait pas penser à ce qui était en train de se passer. Elle en avait trop besoin. Elle avait trop besoin de *lui*. Alors qu'elle s'abandonnait avec délice à ses baisers, elle comprenait enfin à quel point son corps et son cœur avaient souffert du manque. Elle mesurait enfin la lenteur avec laquelle les jours s'étaient écoulés depuis qu'elle l'avait quitté. En cet instant, tout en elle s'épanouissait. Elle sentait chaque parcelle de son corps se réveiller comme après un très long sommeil.

Quand il la souleva dans ses bras, elle s'abandonna. Il l'avait portée ainsi le soir de leur nuit de noces. Avec passion, elle posa les lèvres dans son cou tandis qu'il l'allongeait sur le lit. Au-dessus d'elle, ses yeux brillaient d'une lueur fiévreuse. Le désir le consumait tout autant qu'elle.

Avec douceur, il écarta les mèches de son visage. Ils n'échangèrent aucun mot parce que aucun mot n'était nécessaire.

Elle leva la main pour prendre son visage dans sa paume. Sa barbe naissante lui picota la peau. De nouveau, leurs bouches se trouvèrent. Une main sur sa nuque, l'autre sur sa taille, elle attira son corps puissant sur le sien. Elle avait besoin de sentir ce poids un instant, quitte à en perdre le souffle, pour s'assurer qu'elle ne rêvait pas.

Elle ne supporterait pas que ce ne soit qu'un songe. Elle avait trop souvent rêvé, pendant leur séparation, qu'ils faisaient l'amour ainsi, pour se réveiller au petit matin, dans un lit froid, le cœur en lambeaux.

Et il y avait eu les cauchemars… Ceux où elle l'imaginait avec une autre. Un en particulier l'avait hantée pendant des jours. Elle marchait dans la rue quand elle repérait soudain Massimo au bras d'une femme sans visage. Elle courait après eux sans pouvoir les rattraper, elle hurlait son nom sans qu'aucun son ne sorte de sa gorge. Elle se réveillait en sursaut. Son oreiller était baigné de larmes. Oui, ce cauchemar était mille fois plus terrifiant que ceux de son enfance…

Pour l'heure, la chaleur de son corps sur le sien éloignait les spectres et les angoisses. Il n'y avait ni passé ni lendemain, juste ces instants merveilleux où son âme était apaisée.

Les grandes mains de Massimo descendirent le long de ses côtes jusqu'à ses hanches. Habilement, il remonta le bas de sa robe sur ses cuisses, puis plus haut, jusqu'à sa taille. Pas un instant sa bouche ne cessa de déposer des baisers dans son cou et sur son visage, et ils ne s'écartèrent qu'une seconde, pour faire passer sa robe au-dessus de sa tête.

Elle vit la faim dévorante dans le regard qu'il promenait sur son corps seulement vêtu d'une petite culotte noire. Quand il se pencha pour poser la bouche sur sa poitrine, Livia cessa de respirer. De ses doigts fébriles, elle défit les boutons de sa chemise pour l'en débarrasser et sentir enfin sa peau nue contre la sienne.

Sa mémoire avait enregistré chaque détail du corps de Livia, pourtant, il la contemplait comme s'il la découvrait pour la première fois. Tout en elle était un enchantement. Sa mémoire lui avait joué des tours. Il avait oublié à quel point elle était sexy, à quel point chacune de ses courbes était parfaite. Il avait oublié ses frissons délicieux, quand elle avait envie de lui.

Il reprit la pointe de son sein dans sa bouche. Il avait oublié aussi à quel point elle aimait ces attentions, sensible à la moindre de ses caresses, exactement comme sa peau à lui réagissait au contact de la sienne. L'esprit engourdi par le désir, il revivait les sensations qui l'avaient bouleversé la première fois qu'ils avaient fait l'amour. Il ne s'y était jamais vraiment habitué.

Il descendit vers son ventre, puis fit glisser sa culotte le long de ses jambes avant de la jeter au sol. En quelques secondes, il se débarrassa de ses propres vêtements.

Il embrassa ses cuisses, les paumes refermées sur ses fesses rondes, puis il fit glisser la langue sur la fente délicate entre les boucles sombres. Avec passion, il lui dispensa la plus intime des caresses, qui la fit gémir de plus en plus fort. Tandis qu'elle s'abandonnait à la jouissance, un sentiment de puissance merveilleux l'envahit. Elle était à lui. Et lui à elle. Il ne serait jamais à personne d'autre.

Une fois la vague passée, il contempla avec émerveillement son beau visage. Comment avait-il pu la laisser partir ? Comment avait-il pu laisser cette femme magnifique le quitter sans même essayer de la retenir ?

Dans un grondement, il prit sa bouche. Aussitôt, ses bras se refermèrent autour de son cou et elle arqua le dos et noua les jambes autour de ses reins. Alors, il la pénétra d'une seule poussée.

La sensation de bien-être qui l'envahit en sentant les muscles intimes de Livia se contracter autour de son membre l'obligea à fermer les yeux sous l'afflux d'un plaisir trop fort. Il aurait pu mourir ainsi, il n'en demandait pas plus.

Livia avait définitivement perdu le contrôle depuis qu'il l'avait fait jouir de sa langue. Le sentir ainsi, si large, si dur, faisait monter en elle une telle extase qu'elle ne pouvait rien faire d'autre que s'accrocher à lui et s'abandonner à la volupté. Son cœur était enfin libéré de toute entrave.

Ils firent l'amour avec passion et pour la première fois de sa vie, Livia tenta de retarder l'instant ultime de la jouissance. Elle ne voulait pas que ce moment prenne fin. Elle voulait que ces sensations merveilleuses durent éternellement. Le visage de Massimo trahissait la même concentration douloureuse, preuve qu'il livrait la même bataille qu'elle.

Les paupières closes, Livia posa les lèvres dans son cou en tentant de ne pas s'abandonner. Mais c'était comme lutter contre le courant. Un combat perdu d'avance. Elle oublia tout quand le plaisir explosa en elle, dévastateur, incapable de rien faire sinon se laisser emporter par la vague en s'accrochant plus fort au grand corps de Massimo.

Livia ouvrit les yeux. La nuit était encore sombre mais la lueur de l'aube éclairait déjà la chambre. Elle se tourna pour vérifier que Massimo était toujours près d'elle et retint un soupir de soulagement en le trouvant paisiblement allongé sur le côté, tourné vers elle.

Elle s'approcha et prit sa main abandonnée pour en effleurer les doigts des lèvres tout en imprimant dans sa mémoire chaque détail de son beau visage endormi. Une douleur cuisante irradiait dans sa poitrine. Après un merveilleux répit, les chaînes étaient de retour autour de son cœur. Elle pressa de nouveau les lèvres sur ses doigts qui bougèrent à peine.

Avec la sensation d'étouffer, Livia sortit du lit, en quête d'air frais. Elle sortit à l'arrière du cottage et descendit les marches qui menaient au petit jardin et à la piscine. Elle se laissa tomber sur une chaise longue et regarda le soleil qui émergeait de l'horizon. Un nouveau jour naissait, mais il n'annonçait rien d'autre que la fin pour elle. Aujourd'hui, elle devrait dire adieu à Massimo. Pour toujours.

En prendre conscience lui coupa le souffle. Elle ne voulait pas lui dire adieu. Elle ne pouvait plus nier que ses sentiments pour Massimo étaient aussi forts qu'autrefois. Et lui aussi l'aimait encore. Elle l'avait lu dans ses regards, dans ses caresses, dans ses baisers.

Pourquoi avaient-ils laissé cet amour dépérir ? Pourquoi ne s'étaient-ils pas davantage battus pour le préserver ? Massimo lui avait glissé entre les doigts, voilà la vérité ! Cela s'était passé si graduellement au début qu'elle s'en était à peine aperçue. Peu à peu, ses peurs et son sentiment d'insécurité avaient resurgi, aggravant sa solitude et son mal du pays. Puis tout avait empiré, de plus en plus vite. Elle parlait et s'énervait trop, et lui, pas assez.

Il fallait que cela change.

Elle leva les yeux vers le ciel d'un bleu déjà vibrant et inspira profondément l'air chaud. Ce qu'ils avaient connu ensemble méritait qu'elle se batte ! Tout ce qu'elle avait à faire, c'était convaincre Massimo du bien-fondé de sa démarche.

Avec une détermination nouvelle, Livia retourna à l'intérieur du cottage. S'il restait encore une petite chance de sauver leur mariage, elle ne devait pas la laisser passer.

Massimo, qui venait de se réveiller dans un lit vide, respira tout de suite mieux en voyant la silhouette de Livia apparaître dans l'encadrement de la porte.

— Tu vas bien ? demanda-t-il d'une voix encore rauque de sommeil.

Il ne savait pas quelle heure il était mais il n'avait plus dormi d'un sommeil aussi profond depuis… depuis qu'elle était partie. Livia l'observa un long moment avant qu'un doux sourire éclaire son beau visage. Elle laissa sa robe de chambre tomber au sol et approcha du lit, entièrement nue. Il écarta le drap et tendit les bras pour l'accueillir, déjà excité par sa nudité impudique. Quand elle se blottit contre lui, il ferma les yeux et inspira l'odeur de ses cheveux, la poitrine gonflée d'une émotion douloureuse. Pendant de longues minutes, ils restèrent enlacés sans bouger.

C'était la dernière fois qu'il la serrait ainsi dans ses bras.

— Pourquoi as-tu ajouté ces pointes de lance à ton tatouage ? murmura-t-elle en effleurant les dessins noirs. Je pensais qu'il était terminé.

— Moi aussi, je le croyais.

Il resserra les bras autour d'elle. Il était trop tard pour les regrets. Même si cette nuit avec elle avait été merveilleuse, il valait mieux qu'ils se séparent. Les liens qui les avaient un temps unis s'étaient irrévocablement brisés.

Le bonheur incomparable qu'il avait ressenti quand il lui avait fait l'amour ne changeait rien au fait qu'il était mieux tout seul. Il travaillait mieux, il vivait mieux. La vérité était aussi simple que ça.

Leurs lèvres se trouvèrent. Aussitôt, le désir qui le consumait et le faisait dépérir quand elle était loin de lui le submergea. Ils pouvaient au moins s'accorder cela, songea-t-il en se laissant aller sur le dos, la chevelure soyeuse de Livia tout autour de son visage. Un dernier moment de bonheur ensemble avant de se dire au revoir pour de bon.

10.

Après un petit déjeuner tardif au lodge, il fut temps de se dire au revoir. Les invités restés pour la nuit partirent les premiers, jusqu'à ce qu'il ne reste plus que Massimo, sa famille proche et les soignants de Jimmy.

Le cœur lourd, il les accompagna jusqu'à la jetée où était amarré le bateau de croisière. Ce voyage de retour serait bien plus court que la longue croisière entreprise à l'aller. Ils n'iraient que jusqu'à l'île de Viti Levu pour y prendre un avion pour Rome. Après deux mois loin de chez eux, ils étaient tous impatients de rentrer en Italie.

Pas une seule fois ils n'avaient discuté ensemble de la santé de son grand-père. Mais il était évident pour chacun que Jimmy avait gardé toute son énergie pour ce séjour sur son île, et nul ne savait à présent combien de temps il resterait encore en vie.

Madeline passa un bras autour de sa taille et leva vers lui un regard inhabituellement sérieux.

— Rentre bientôt à la maison, Massimo, s'il te plaît.

Plutôt que de lui donner comme à l'accoutumée une vague réponse, il embrassa la joue de sa sœur.

— Je vais essayer.

Elle resserra son étreinte.

— Tu nous manques.

Pour la première fois, il se prit à songer qu'il allait tenir parole. Quelque chose avait changé en lui sans qu'il sache vraiment quoi. En dépit de toutes ses angoisses à l'idée d'être bloqué sur une île avec sa famille, le week-end s'était bien mieux passé qu'il ne l'aurait cru possible. Plus il échangeait avec eux, plus leur compagnie lui paraissait facile et agréable. Il avait senti de leur part une forme d'acceptation nouvelle. À moins que ce ne soit son regard à lui qui ait changé ?

Derrière sa sœur, il vit sa mère qui bataillait avec le fauteuil roulant de son grand-père. Sera n'était jamais aussi heureuse que lorsqu'elle s'occupait de ceux qu'elle aimait : que ce soit en repassant leurs habits ou en leur congelant des petits plats pour les jours de paresse. Son père était tout aussi attentionné, à sa façon.

Un souvenir ancien lui revint en mémoire. Il avait dormi un moment sur un matelas dans la chambre de sa sœur pendant que son père construisait une armoire dans la sienne. Tous les matériaux utilisés étaient vieux, mais Gianni avait tout fait seul et avait peint le nouveau meuble dans la couleur choisie par Massimo. C'était la première fois qu'il voyait aboutir un travail de construction et de création. Ce jour-là, il avait découvert comment un matériau pouvait être transformé pour donner naissance à un tout nouvel objet. C'était sans aucun doute cette découverte qui l'avait mis sur la voie de l'ingénierie et de la science. Aussi surprenant que cela lui paraisse, c'était son père qui lui avait transmis cette passion.

Juste comme il venait de comprendre cela, un autre souvenir resurgit. Gianni avait dégoté un vieux vélo dans une boutique d'occasion. Il l'avait acheté et, de retour à la maison, l'avait réparé et repeint. Quand il l'avait offert à Massimo pour l'aider à se déplacer dans ses petits boulots, le vélo semblait flambant neuf.

Massimo fut envahi par une vague d'affection. Il serra ses parents dans ses bras avec plus de chaleur qu'il ne le faisait d'habitude. Après avoir fait un câlin à sa petite nièce, il fut temps de dire adieu à son grand-père. Il adressa une prière silencieuse au ciel sans bien savoir ce qu'il demandait exactement. Son grand-père ne pouvait vivre éternellement…

Il regarda le bateau les emmener vers la haute mer, le cœur serré. La présence de Livia à son côté ne faisait que le troubler davantage. Brusquement, il tourna les talons et remonta la jetée en jetant des regards impatients vers le ciel, dans l'espoir d'apercevoir le Cessna qui avait emmené les derniers invités à Viti Levu et devait revenir les chercher.

— Massimo ?

Il ferma les yeux et prit une inspiration en ralentissant le pas pour laisser Livia le rattraper.

— Tu vas bien ? demanda-t-elle.

— Oui.

— Tu m'as à peine adressé la parole depuis que nous avons quitté la chambre. Tu as des regrets pour la nuit dernière ?

C'était bien Livia, ça ! Toujours droit au but.

— Je ne regrette rien. Je ne vois juste pas l'intérêt de s'étendre sur le sujet.

— Massimo… Nous avons passé la nuit ensemble. Je pense au contraire qu'il y aurait beaucoup à discuter.

Bien entendu ! Elle était toujours partante pour discuter sentiments et émotions, comme si cela changeait quoi que ce soit à leur situation…

— Hier…

Il prit une nouvelle inspiration pour maîtriser la réaction viscérale de son corps aux images de la nuit passée.

— Je ne dis pas que c'était une erreur, reprit-il, mais avec le recul, je pense que ça n'aurait pas dû arriver.

— Pourquoi non ?

— Nous allons divorcer, Liv. Je sais que nous attendons que Jimmy…

Il ne parvint pas à prononcer les mots, seulement, la vérité demeurait : dès que son grand-père ne serait plus de ce monde, ils entreprendraient les démarches légales.

Était-ce la mort imminente de son grand-père ou bien la fin de leur mariage qui lui serrait le cœur de la sorte ? Il n'en savait rien.

Ses yeux bruns le fixaient avec intensité.

— Tu n'as aucun doute ?

— Des doutes ?

— Pour savoir si nous avons fait le bon choix.

— Aucun, non.

Elle cligna brièvement des paupières mais ne détourna pas le regard.

— Eh bien, moi, si.

— Comment peux-tu avoir des doutes ? s'exclama-t-il. C'était ta décision ! C'est toi qui m'as quitté !

Ses épaules délicates se haussèrent. Ses lèvres se serrèrent en une moue adorable avant qu'elle lâche :

— Je veux nous donner une seconde chance.

Massimo eut l'impression qu'une bombe venait d'exploser dans sa poitrine. Il vacilla sous le choc et recula d'un pas.

— Une nuit de sexe ne répare pas un mariage brisé !

— Certes. Seulement, nous n'avons jamais essayé de réparer ce qui pouvait l'être. Nous étions bien trop occupés à nous disputer…

Comme il ouvrait la bouche, elle leva les deux mains en l'air en signe de capitulation.

— D'accord, d'accord ! *Moi,* j'étais bien trop occupée à me disputer avec toi, qui as toujours refusé de le faire. Peu importe qui faisait quoi, de toute manière. Une seule chose importe : aucun de nous n'a réellement tenté de trouver un moyen pour améliorer la situation. Nous avons juste… laissé tomber.

— Parce que certaines choses ne peuvent pas être réparées ! Notre mariage en fait partie et tu as eu raison de me quitter. Je suis désolé si la nuit dernière a provoqué des doutes en toi, mais…

— La nuit dernière m'a ouvert les yeux, Massimo. Nous avons abandonné bien trop vite.

— Cela ne change rien pour moi.

Elle émit un rire douloureux qui lui déchira le cœur.

— Tu mens.

— Je ne pourrai jamais être le mari que tu veux.

— Tu ne sais pas ce que je veux.

— Tu n'as cessé de me le jeter au visage chaque jour, pendant des mois !

— Dans ce cas, tu aurais peut-être dû *écouter*.

— Je n'ai aucune envie de rouvrir d'anciennes blessures, déclara-t-il en levant à son tour les mains. Tu voulais un divorce et j'ai accepté. C'est la seule chose à faire. Je rentre aux États-Unis, toi en Italie. Tout est fini.

Sans attendre sa réponse, il se remit en marche.

— Je savais que tu partirais en courant dès que j'aborderais le sujet ! s'écria-t-elle en le suivant.

Il l'ignora et accéléra le pas en lançant des regards exaspérés vers le ciel.

Ce maudit Cessna aurait dû être là depuis au moins trente minutes !

— Il ne viendra pas.

Il s'arrêta brusquement.

— L'avion, reprit-elle. Il ne reviendra pas aujourd'hui.

Pour se donner du courage, Livia croisa les bras sur sa poitrine et se prépara mentalement à ce qui allait suivre. Quand il se tourna pour lui faire face, son visage était sombre.

— Qu'est-ce que tu veux dire ?

— J'ai reporté le vol à demain. Il faut que nous parlions.

— Non, répliqua-t-il. Nous devons rentrer. J'ai du travail et ton frère t'attend. Je pensais que tu étais impatiente de le retrouver pour le rassurer ?

— Je le suis. Mais il est en sécurité et tant qu'il a un jeu vidéo sous la main et une montagne de nourriture à ingurgiter, il n'ira nulle part. Pour t'épargner quelques coups de fil inutiles, autant te prévenir tout de suite que j'ai envoyé l'équipage de ton jet pour une escapade à bord de ton yacht. Même si tu parviens à trouver un autre avion pour nous ramener sur l'île principale, tu ne pourras pas quitter les Fidji tout de suite.

— Qu'est-ce que ça veut dire ? cria-t-il, laissant soudain exploser sa colère avec un juron.

S'il pensait l'impressionner, il se trompait lourdement. Elle avait grandi au sein d'un foyer où chaque phrase était suivie d'une bordée de jurons.

— Je ne sais pas à quel jeu tu joues, grommela-t-il en sortant son téléphone, mais ça ne fonctionnera pas. Mon équipage n'obéit qu'à mes ordres.

— Quand nous nous sommes mariés, tu as annoncé à tous tes employés, hôtesses et stewards compris, qu'ils devaient suivre mes instructions comme si c'étaient les tiennes. As-tu changé cela depuis mon départ ?

Si un regard avait pu tuer, elle serait tombée morte à ses pieds… Livia s'efforça de ne pas ciller malgré la tension qui raidissait son corps.

— Appelle-les si tu veux, reprit-elle, tu les trouveras en train de faire la fête sur le yacht et de boire le champagne que je leur ai commandé. Ils ne seront pas en état de voler.

Massimo était intellectuellement le plus brillant des deux, elle ne cherchait même pas à rivaliser sur ce point. Cependant, quand il s'agissait d'anticiper et de planifier, elle était la plus forte. Elle avait compris tout de suite que si elle voulait le garder un peu plus longtemps sur cette île elle allait devoir l'empêcher d'agir.

— Je devrais prendre un vol régulier pour me ramener à la maison et te planter là ! dit-il entre ses dents.

— Tu auras de la chance si tu en trouves un pour aujourd'hui, fit-elle remarquer.

— Je vais tenter ma chance, répliqua-t-il en portant son téléphone à son oreille.

Une seconde plus tard, il raccrochait avec un nouveau juron.

— Si tu essayais de joindre Lindy, je lui ai également parlé. C'est samedi à Los Angeles… Elle a coupé son téléphone pour la journée, afin de profiter au maximum de sa fille.

— Lindy n'a jamais reçu pour instruction de répondre à tes ordres.

— En effet. Je le lui ai demandé comme une faveur, et elle a aimablement accepté. De toute façon, elle n'est pas supposée travailler ni répondre au téléphone un samedi…

Un long silence menaçant s'ensuivit. Livia retint son souffle. Enfin, il sourit tandis que ses yeux demeuraient glacés.

— Je n'ai pas besoin de Lindy pour prendre une place sur un vol et je peux parfaitement me réserver un autre Cessna et une chambre d'hôtel sur Viti Levu s'il est trop tard pour l'avion de LA. Tu as perdu.

— Non. *Nous* avons perdu, Massimo, lança-t-elle dans son dos tandis qu'il s'éloignait. Je ne te demande qu'un jour de plus. Alors, oui, tu peux remuer ciel et terre pour passer la nuit ailleurs en attendant que ton équipage soit en mesure de voler, ou bien tu peux rester ici vingt-quatre heures de plus pour voir s'il est encore possible de sauver notre mariage.

— Je n'ai aucune envie d'investir mon énergie dans une cause perdue ! martela-t-il en continuant de s'éloigner.

— Comment peux-tu dire une chose pareille alors que tu as consacré ta vie à rechercher des solutions pour des problèmes que le monde entier considérait comme des causes perdues !

— Des problèmes qui peuvent être réglés par la science. Les nôtres n'ont rien à voir avec la science. Ou plutôt, si ! Nous sommes fondamentalement incompatibles.

— Je le croyais aussi, mais maintenant…

Il s'immobilisa brusquement pour faire volte-face.

— Maintenant, rien du tout ! Ce que tu as fait est déplorable. Je dois être de retour au bureau lundi à la première heure. Le prototype doit être testé…

— Pourquoi faut-il absolument que tu sois là ? le coupa-t-elle d'une voix qui ne tremblait pas malgré la colère qu'elle sentait monter en elle face à l'entêtement de Massimo. Tu emploies quatre mille personnes. Quatre mille ! Et tu vas me dire qu'aucune ne peut tester ce prototype à ta place ? Pourquoi le chef de projet ne s'en charge-t-il pas ?

Elle s'était lancée dans la même dispute des centaines de fois.

— Tout se fait dans un environnement hyper sécurisé que je dois surveiller.

Une légère variation à une réponse qu'elle avait reçue des centaines de fois.

— Le seul environnement hyper sécurisé, c'est ton cœur.

Son expression se durcit aussitôt.

— Je n'ai pas à entendre les mêmes reproches pour la millième fois, répliqua-t-il.

— Oh si ! Au cas où tu ne l'aurais pas encore compris, tu es coincé sur une île minuscule avec moi. Il n'y a aucun endroit où t'enfuir, à moins de payer comme tu aimes tant le faire.

Comme il était sur le point de se détourner encore une fois, elle le saisit par le poignet et prit une profonde inspiration pour retrouver son calme. Sa pulsation rapide lui donna le courage de poursuivre.

— Je t'en prie, Massimo, accorde-moi cette journée. Le Cessna doit venir nous récupérer demain dans la matinée. Quand il atterrira, si tu veux toujours de cette séparation, je l'accepterai sans discuter. En attendant, si j'ai un jour compté pour toi, si notre mariage a compté à tes yeux, je t'en supplie, laisse-nous cette chance.

Elle se détendit légèrement en voyant son expression s'adoucir.

— Étant donné que tu ne me laisses pas d'autre choix que de rentrer avec un jour de retard, je vais devoir passer quelques coups de fil.

— Alors, tu vas rester ?

Son expression demeura impénétrable.

— Je reste. Seulement parce que tu m'y contrains. Je n'ai aucune envie de me montrer cruel, Livia, mais je ne suis pas fait pour le mariage. Il m'a fallu notre union pour le savoir.

Assis sur la terrasse du cottage, Massimo mit fin au dernier appel qu'il devait passer et se massa les tempes. Le test du prototype sur lequel il travaillait depuis un an avait été reporté de vingt-quatre heures, à sa demande. C'était bien la première fois qu'il faisait une chose pareille. Son planning parfaitement huilé avait été bouleversé par Livia. Pourquoi agissait-elle de la sorte ? Se vengeait-elle pour toutes les nuits solitaires qu'il lui avait imposées en restant tard au bureau ?

Elle ne pouvait pas être sérieuse quand elle parlait de nouvelle chance ! Après tout ce qu'ils avaient traversé ! L'idée était insensée. Ils avaient essayé d'arranger les choses pendant des mois. Il n'avait pas su la rendre heureuse, alors qu'est-ce qui pouvait lui laisser croire qu'il la rendrait heureuse maintenant ?

Il n'aurait jamais dû faire l'amour avec elle, la nuit passée. C'est ce qui avait déclenché ce comportement irrationnel chez elle. Les hormones qui saturaient son corps avaient sans nul doute embrouillé son cerveau. Elle avait perdu toute lucidité. Avec un peu de chance, ses paroles dures lui en avaient rendu un peu…

Bon sang ! Cette situation était intenable ! La frustration lui fit jeter son téléphone à travers la terrasse. Sans la coque de protection, l'écran aurait explosé sous le choc. Il se leva pour aller récupérer l'appareil.

Il était encore penché lorsque deux jolis pieds aux ongles vernis apparurent dans son champ de vision. Lentement, son regard remonta le long de deux jambes nues à la peau lisse et dorée, seulement marquée d'une cicatrice à l'un des mollets. Le reste de son délicieux corps aux courbes alléchantes était couvert d'un sarong bleu transparent sous lequel elle était entièrement nue. Elle avait relevé ses cheveux haut sur sa tête et ses yeux étaient cachés derrière une paire de lunettes de soleil.

Massimo se raidit en se redressant. Son humeur déjà noire s'assombrit encore face à la réaction de son corps à ce spectacle. Puis il vit le panier qu'elle tenait à son bras : il contenait une bouteille de champagne et deux flûtes. Sans un mot, elle le posa sur la table et leur servit le liquide pétillant, puis elle vida la moitié de sa flûte avant de relever ses lunettes sur sa tête.

Toujours muette, elle s'avança vers les marches qui menaient à la piscine et s'arrêta. Massimo retint son souffle. Le sarong tomba au sol. Il serra les lèvres pour réprimer le grondement qui montait dans sa gorge.

À quoi jouait-elle, cette fois ? Si elle croyait qu'il allait la suivre, elle se trompait ! Seulement, il ne parvenait pas à détourner les yeux de sa silhouette de nymphe. Ses fesses rondes se balançaient sensuellement tandis qu'elle descendait les marches avec une lenteur qui le mettait à l'agonie. Elle atteignit la piscine et y trempa un orteil. Puis elle descendit une à une les marches jusqu'à ce que son corps soit immergé jusqu'à la taille.

Quand ses jambes firent le premier mouvement de brasse, il ne chercha plus à se retenir.

Livia fit quelques longueurs et s'arrêta à l'autre bout du bassin. Même là, l'eau lui arrivait toujours à la taille. Elle posa ses bras repliés sur le bord de la piscine et appuya le menton dessus. Sans jamais tourner le visage en direction de la terrasse où était resté Massimo, elle admira les vagues douces de l'océan qui s'étendait à seulement quelques mètres de leur jardin en savourant la caresse du soleil sur son dos.

La réaction de Massimo quand il avait découvert qu'il était piégé sur l'île avec elle ne l'avait pas surprise outre mesure. Il n'en restait pas moins qu'elle s'était sentie blessée.

Peu importait s'il affirmait n'être pas fait pour le mariage, elle ne comptait pas capituler si vite. Elle savait qu'il avait toujours des sentiments pour elle. Tout ce qu'elle avait à faire, c'était mettre à bas ses barrières pour l'obliger à regarder la vérité en face. Avec un peu de compromis et beaucoup d'efforts, ils pourraient avoir la vie dont ils avaient rêvé… ensemble.

Ses propres barrières étaient tombées après cette unique nuit merveilleuse. Les siennes étaient juste plus solides. Après tout, qu'avait-elle à perdre ?

Elle venait de passer un week-end auprès de l'homme qu'elle aimait et de la famille qu'elle aurait tant voulu avoir. Cela avait fait resurgir tous les espoirs qu'elle avait nourris pour eux. Tout ce qu'ils avaient eu au début de leur union. La tendresse. Les rires. L'amour…

Si elle échouait, au moins, elle pourrait se regarder en face et se dire qu'elle avait tout essayé. Elle pourrait avancer, enfin.

Elle sentit un mouvement derrière elle, mais ne fit pas un geste. Pas même quand l'eau s'agita dans la piscine.

11.

Massimo avait la sensation d'être sous l'effet d'une drogue puissante. Comme un fou, il gardait les yeux rivés sur Livia, en se répétant qu'il n'entrerait pas dans son jeu. Il se le disait encore quand il ôta ses vêtements, puis entra dans l'eau pour nager jusqu'à elle.

Elle ne fit pas un geste pour lui montrer qu'elle avait senti sa présence. Comme mus par une volonté propre, ses mains retirèrent la pince qui retenait ses cheveux, tandis que son autre main traçait un chemin le long de son dos, et jusqu'à sa taille.

— Pourquoi les as-tu fait couper ?

Elle se laissa aller contre lui avec un doux soupir et leva ses bras croisés pour toucher les siens. Ses ongles effleurèrent ses avant-bras tandis qu'elle cambrait le dos de façon provocante jusqu'à ce que ses fesses se pressent contre son membre tendu. Il prit son sein en coupe. Il avait tellement envie d'elle qu'il avait du mal à respirer.

Livia se tourna entre ses bras pour lui faire face. Ses seins caressèrent son torse et ses mains se refermèrent autour de son cou. Ses yeux brillaient de désir.

Leurs bouches se joignirent dans un baiser sauvage et passionné. Une seule caresse avait suffi à enflammer le brasier qui couvait toujours entre eux.

Il la saisit aux hanches et la souleva pour l'asseoir sur le bord du bassin avant de se glisser entre ses cuisses. Sans attendre, il la pénétra d'un seul coup de reins profond et gémit en sentant ses muscles intimes enserrer son sexe.

Elle émit un petit cri de volupté avant de l'embrasser avec une passion redoublée. Ses ongles s'enfonçaient dans la chair de ses épaules tandis qu'il lui agrippait les hanches pour aller et venir en elle avec une sorte de fureur douloureuse et enivrante à la fois. Bientôt, elle cria son nom et Massimo laissa la jouissance exploser en lui.

Il lui fallut un long moment pour revenir à lui, sortir de l'eau et s'effondrer près d'elle dans un carré d'herbe. Le soleil de l'après-midi caressait leur peau que la brise de l'océan rafraîchissait.

— Il faut te mettre de la crème solaire, murmura-t-il.

Elle pressa les lèvres dans son cou avant de se lever.

— Ne bouge pas, je reviens dans une minute.

Massimo roula sur le dos et s'étira avec un soupir. Un bras en travers du visage pour se protéger du soleil, il ferma les yeux. Il ne parvenait pas à secouer la léthargie qui s'était emparée de lui. Il aurait dû se lever et s'habiller avant que Livia revienne. Malheureusement, ses membres engourdis refusaient de lui obéir, exactement comme tout à l'heure, quand son corps était resté sourd à ses mises en garde et qu'il avait rejoint Livia dans la piscine.

Il aurait aimé lui en vouloir d'avoir utilisé le sexe comme une arme, mais il s'en trouvait incapable. Il comprenait ce qu'elle voulait faire. Aussi sa colère n'était-elle dirigée que contre lui-même.

Quand elle revint dans son sarong, elle portait deux flûtes de champagne dans une main, la protection solaire dans l'autre et des serviettes de plage. Massimo se souleva sur un coude.

— Livia, je suis désolé…

— Mais ce qui vient de se passer ne change rien, c'est cela ? acheva-t-elle en levant un sourcil.

Elle posa les flûtes et les serviettes sur la table près de la piscine et retira son sarong.

— Ce n'est pas grave, Massimo, déclara-t-elle tranquillement en étalant le tissu sur l'herbe comme une couverture. Parfois, le sexe est juste du sexe. Est-ce que tu veux bien étaler la crème sur mon dos ?

Livia s'assit, entièrement nue, sur le tissu, les jambes allongées devant elle en attendant qu'il la rejoigne. Elle avait découvert très tôt au cours de leur relation que Massimo s'ouvrait davantage aux confidences et aux discussions après l'amour.

Certes, se pavaner nue devant lui pouvait passer pour un coup bas, mais quelle honte y avait-il à séduire son propre mari ? Ils aimaient autant l'un que l'autre faire l'amour ensemble. Si elle avait pu remonter le temps et changer une seule chose entre eux, elle aurait sans hésiter annulé toutes ces nuits où elle lui avait tourné le dos dans les derniers mois de leur mariage.

Sans le sexe pour entretenir leur intimité, le lien qui les avait unis s'était désintégré. Plus rien n'était resté que les reproches et les déceptions. Cependant, le sexe ne suffisait pas à fonder un mariage solide. Il y avait bien d'autres moyens d'être ensemble et elle allait devoir l'en convaincre.

Quand il posa ses mains pleines de crème sur son dos, elle resserra les bras autour de ses genoux pliés. Contrairement aux mouvements brusques qu'il avait sur le yacht, cette fois, il prit tout son temps. Ses gestes étaient délassants, apaisants. Livia ferma les yeux pour savourer la sensation.

— Qu'ai-je fait pour te détourner de moi ? demanda-t-elle d'un ton parfaitement calme et tranquille.

Ses mains s'immobilisèrent un instant sur sa peau.

— Je ne vois pas de quoi tu parles.

— Bien sûr que si. Tu t'es détourné de moi, Massimo. Tu as cessé d'être attentif et attentionné. Même si demain tu décides que tout est fini, j'ai besoin de savoir, car ignorer les raisons de ton désamour me tue.

Dans son dos, elle l'entendit pousser un soupir.

— Tu n'as rien fait. Nous ne sommes simplement pas compatibles. Mon travail est toute ma vie. Il n'y a pas d'espace pour quoi que ce soit d'autre.

— Ce n'est pas ce que tu pensais au début de notre vie commune.

— Mes sentiments pour toi m'ont pris par surprise. Je me suis laissé guider par eux au lieu de réfléchir rationnellement. Toi et moi… nous avons une alchimie physique rare. Mais, en fin de compte, ce n'est rien d'autre que quelques hormones de plaisir.

— Ne réduis pas mes sentiments à une leçon de chimie !

— Ce que nous prenons pour de l'amour peut se résumer à quelques formules chimiques, expliqua-t-il doctement. Tôt ou tard, l'afflux d'hormones diminue. C'est ce qui nous est arrivé.

— Belle tentative d'explication, répliqua-t-elle, mais qui ne reflète pas la réalité. Ce qui nous est arrivé, c'est que tu m'as tourné le dos.

Elle se pencha et traça du doigt la cicatrice de sa jambe.

— C'est le jour où je me suis fait cette blessure que je m'en suis véritablement rendu compte. Tu te moquais que je sois blessée.

— Je ne m'en moquais pas du tout ! Tu as dit que ce n'était rien de sérieux. Je n'ai constaté l'étendue de ta blessure que trop tard ! s'exclama-t-il, la gorge serrée.

Son premier instinct avait été de s'emparer de ses clés de voiture sans réfléchir pour la rejoindre. Seulement, la veille, il avait découvert que son projet de filtre à carbone avait pris du retard à cause de lui. *Lui !* Pour la première fois de sa carrière, il avait commis des erreurs.

Si Livia lui avait laissé l'espace dont il avait besoin, les choses auraient pu être différentes… Au lieu de quoi, le fossé entre eux s'était creusé, renforçant sa conviction qu'ils n'étaient pas faits pour être ensemble.

— Je ne voulais pas t'inquiéter parce que je pensais que tu allais prendre la voiture pour me rejoindre, dit-elle. Je ne voulais pas risquer que tu aies un accident. Au début de notre mariage, j'ai glissé et je me suis cogné la tête, tu te souviens ? Ce n'était vraiment rien de grave, pourtant tu es resté la journée suivante à la maison pour surveiller que j'aille bien. Tu t'inquiétais d'une commotion. Moins d'un an plus tard, tu envoyais ton assistante pour me conduire à l'hôpital alors que j'avais une plaie ouverte à la jambe !

Ce qu'elle ne savait pas, c'est l'effort qu'il avait dû fournir pour donner ces fichues clés de voiture à Lindy.

Massimo s'écarta de Livia pour se remettre debout.

— Est-ce que tu sais seulement le retard qu'ont pris les projets à cause de tout le travail que je n'ai pas fait pendant la première année de notre mariage ? Ce filtre à carbone que nous testons dans deux jours, il aurait dû être prêt il y a plusieurs mois !

— Tu as pris du retard parce que tu ne veux rien déléguer. Tu veux tout contrôler dans le moindre détail.

Massimo passa une serviette autour de ses reins.

— C'est mon entreprise, Livia.

— Tu emploies certains des cerveaux les plus brillants de ce monde. Si tu n'as pas confiance en leurs capacités, cela ne peut signifier que deux choses : soit que tu es un maniaque du contrôle, soit que tu dois embaucher d'autres personnes en qui tu pourrais avoir confiance.

— Non, cela veut dire que je prends mes responsabilités au sérieux.

— Tu es parfaitement en mesure de partager ces responsabilités avec d'autres personnes tout aussi qualifiées que toi. Tu as choisi de ne pas le faire, Massimo. Tu prétextes le travail pour te couper de tous ceux qui t'aiment. D'ailleurs, tu ne m'as toujours pas expliqué pourquoi tu t'étais éloigné de moi. Nous étions *heureux* ! Vraiment. Et puis, très vite, nous n'avions plus rien. J'ai besoin de comprendre pourquoi, et pour l'amour du ciel, épargne-moi les explications pseudo-scientifiques ! J'ai bien compris que nous n'étions que des atomes mais nous sommes aussi des êtres doués de conscience qui ressentent des émotions, qui aiment et qui ont des rêves…

Massimo prit une longue gorgée de champagne et reprit quelque peu le contrôle de lui-même. Le bourbon aurait été plus efficace pour l'apaiser, mais ça ferait l'affaire.

Il devait lui faire comprendre son point de vue. Quelles que soient les illusions qu'elle nourrissait, il devait les détruire. Depuis qu'elle l'avait quitté, son monde était revenu au calme. Il n'était pas heureux, certes, mais il n'était plus perturbé. Il avait le temps de se consacrer à son travail et son esprit n'était plus sans cesse distrait par elle. Les erreurs stupides qu'il avait commises n'arrivaient plus. Tout cela appartenait au passé.

— Je suis comme ça, Livia. J'ai toujours été différent du reste de ma famille. Ils pensent que l'amour peut tout accomplir alors qu'en réalité, seuls comptent l'effort et le travail. Je les aime à ma façon, mais je n'ai jamais eu le sentiment d'appartenir à cette famille.

Après un silence, Livia reprit ses mots :

— Tu les aimes à ta façon ? Donc tu es conscient que l'amour que tu ressens ne se résume pas à une simple alchimie ?

— Tu retournes mes paroles contre moi.

— Non, je pointe du doigt ton hypocrisie, Massimo. Tu utilises la science comme prétexte pour nier qu'il y avait de l'amour entre nous. Je n'ai certes jamais eu à grandir avec des vêtements trop petits, mais crois-moi, j'aurais mille fois préféré vivre dans ta famille, avec ses inconvénients, que subir l'enfance que j'ai vécue. Mon père a toujours été généreux et il me donnait ce que je voulais, seulement, c'était un criminel.

Elle s'interrompit un instant, troublée, et la lueur d'émotion qu'elle lut dans ses yeux lui donna le courage de poursuivre :

— Quand il me prenait dans ses bras, je sentais son arme contre moi. Quand il a été tué, je n'ai jamais pu le pleurer comme le reste de ma famille parce qu'il était le cauchemar de mon enfance. Ma mère n'était quasiment jamais là, et quand elle l'était, elle était ivre. C'est moi qui ai élevé Gianluca – je l'emmenais à l'école tous les jours, je l'aidais à faire ses devoirs et je m'assurais qu'il avait toujours un plat chaud le soir… Tes parents, Massimo, sont des gens bons, aimants, qui respectent la loi et les autres. Peut-être qu'ils auraient pu travailler davantage pour t'offrir tout ce que tu voulais, mais ils ont fait le choix d'être présents au cas où tu aurais besoin d'eux, et je… j'aimerais tellement te faire comprendre à quel point ce temps qu'ils t'ont donné était inestimable !

— De ton point de vue, n'importe quelle enfance est inestimable, Livia.

— Peut-être, admit-elle en enroulant le sarong autour d'elle, mais nous parlons de nos enfances, pas de celles des autres. Tu es très différent de ta famille, c'est vrai. N'oublie pas trop vite que vous avez aussi de nombreux points communs. Tu as leur générosité, seulement la tienne se traduit par des dons matériels alors qu'eux donnent de leur temps.

Elle vit les jointures de Massimo blanchir comme il crispait les doigts sur le bord de la table. Cependant, il ne détourna pas le regard.

— Je ne peux pas ignorer mon propre ressenti sur mon enfance, simplement parce que la tienne était objectivement bien pire. C'est cette enfance qui a fait de moi l'homme que je suis devenu. J'ai compris que tout ce que je voulais j'allais devoir me débrouiller seul pour l'obtenir. Mes parents m'aimaient, c'est vrai, mais cela ne change rien à la réalité de la pauvreté dans laquelle j'ai grandi.

Tu as peut-être raison, je suis sans doute un maniaque du contrôle. Seulement, tout ce que je possède, aujourd'hui, je l'ai obtenu par mes seuls efforts. La science est logique, elle est réelle. C'est dans cet univers-là que je me sens le plus à l'aise, le plus… moi-même. Je suis à ma place dans mon travail, loin de toute distraction.

Il lui fallut une bonne seconde pour comprendre l'implication de ses paroles.

— Attends, tu viens bien de dire que j'étais une *distraction* ?

— Tu en es devenue une, expliqua-t-il sans la moindre note d'excuse dans la voix. Tu exigeais sans cesse mon attention alors que je devais rester concentré.

— Je n'ai jamais *exigé* quoi que ce soit à part un peu de ton temps, Massimo ! Depuis quand est-ce un crime de vouloir passer du temps avec son mari ?

Sa voix était montée dans les aigus malgré elle.

— C'est précisément ce que je dis. Je ne peux pas être au top dans mon travail si je m'inquiète constamment pour toi. J'ai besoin d'avoir l'esprit libre, de ne pas regarder ma montre, de ne pas m'inquiéter de te savoir seule à la maison, de ne pas avoir à me dépêcher de rentrer avant que le dîner refroidisse.

— Le dîner n'aurait jamais été froid si tu avais pris la peine de me prévenir quand tu prévoyais de rentrer tard, répliqua-t-elle.

— Ce n'était jamais intentionnel.

— Tu te contredis à nouveau ! Si ce n'était pas intentionnel, si vraiment tu ne pensais pas aux horaires et à mon dîner froid, c'est que tu ne te faisais aucun souci !

Brusquement, le téléphone de Massimo se mit à sonner. Son regard passa d'elle à la table de la terrasse où l'appareil était resté posé.

— S'il te plaît, laisse-le sonner…

Mais évidemment, il ne ferait jamais une chose pareille. L'appel pouvait être *important*. Bien plus qu'elle ou la réussite de leur mariage. Il s'éloigna sans un regard en arrière. Avec amertume, elle songea qu'il avait saisi ce prétexte pour couper court à leur discussion.

Un moment plus tard, Massimo s'était installé sur la terrasse couverte, le téléphone vissé à l'oreille et l'ordinateur ouvert devant lui.

Furieuse de le voir s'immerger à nouveau dans le travail, Livia décida d'aller faire un tour pour se calmer avant d'être tentée de jeter son téléphone à la mer. S'emporter ne ferait qu'envenimer la situation. Si tant est qu'elle puisse encore l'être…

Jimmy lui avait raconté bien des anecdotes et des souvenirs sur l'île de son enfance, notamment les baignades avec les autres enfants de Seibua dans un bassin naturel caché au cœur de la forêt. La veille, quand elle l'avait emmené en promenade, il lui avait désigné l'endroit. C'était le moment idéal pour y aller avant que le soleil se couche.

Le temps qu'elle atteigne le lodge, sa fureur s'était déjà un peu calmée, suffisamment pour qu'elle prévienne l'un des membres du personnel de sa destination au cas où Massimo s'en inquiéterait. Qui sait ? Peut-être, par miracle, lui manquerait-elle un peu ?

Dans sa tête, elle rejouait inlassablement leur conversation, à peine consciente de ce qui l'entourait. À l'intérieur des terres, la végétation s'épaissit rapidement et Livia atteignit bientôt la forêt qui constituait le cœur de l'île. Le sentier emprunté par les enfants de Seibua autrefois n'était plus visible, aussi avança-t-elle aussi droit qu'elle le pouvait à travers la végétation. Si elle ne trouvait pas bientôt le bassin, elle ferait demi-tour.

Sous la canopée, la vie animale et végétale explosait de couleurs et de sons. Pour ne pas pleurer, elle se concentra sur les cris des perroquets flamboyants et les pépiements d'autres oiseaux qui ne semblaient pas du tout dérangés par sa présence. Bientôt, comme Jimmy le lui avait dit, la végétation se fit moins dense jusqu'à ce qu'elle se retrouve dans une petite clairière au milieu de laquelle apparut un bassin à peine plus grand que leur piscine privée.

Émerveillée par la beauté des lieux, Livia resta immobile un instant et inspira longuement les parfums enivrants de la forêt tropicale. Elle sentit toute colère la quitter en voyant les oiseaux endémiques des Fidji, les Diamants de Peale, s'ébattre dans l'eau. Avec leur corps vert et leur queue et leur bec rouges, ils étaient parfaitement reconnaissables. Elle retira ses sandales et s'assit sur les pierres qui entouraient le bassin naturel. Surpris par cette intrusion, les oiseaux s'égayèrent vers le sommet des arbres.

Malgré la beauté des lieux, elle sentait le désespoir et la panique lui serrer le cœur. Stupidement, elle s'était imaginé que Massimo accepterait au moins de donner une seconde chance à leur mariage. Pourquoi ne s'était-elle pas battue plus tôt ? Elle était aussi responsable que lui de la chute vertigineuse de leur couple dans l'amertume et le ressentiment. Livia savait se battre. Elle était douée pour cela. Elle savait crier, hurler, taper du poing sur la table. Seulement, à force de s'époumoner, elle avait oublié l'essentiel : écouter.

Quand Massimo lui avait demandé de l'espace et de la tranquillité, elle l'avait pris comme une attaque personnelle. Elle avait laissé ses peurs et son insécurité prendre racine en elle et, plutôt que de lui donner ce qu'il demandait, elle avait exigé encore plus de lui.

L'épuisement prenait possession d'elle. Pourquoi se battait-elle pour son mariage alors que Massimo affirmait préférer vivre sans elle ?

Soudain, la panique s'empara d'elle. Massimo était l'amour de sa vie ! Comment pourrait-elle un jour retrouver le sommeil s'il la quittait pour toujours ? Comment pourrait-elle respirer sans lui ?

Les larmes qui menaçaient depuis qu'elle s'était réveillée entre ses bras lui montèrent aux paupières. Elle n'avait plus la force de les retenir. Elle serra les genoux contre sa poitrine et laissa enfin les sanglots la submerger.

12.

Le ciel avait pris des teintes orangées quand Massimo pénétra sous la canopée. Il n'avait pas prévu dans son programme chargé de partir à la recherche de Livia. Cependant, le silence que son départ avait laissé avait fini par l'empêcher de se concentrer. Au bout d'un moment, il avait eu beau fixer son écran, aucune idée ne parvenait plus à se frayer un chemin jusqu'à son cerveau.

Les sentiments envahissants étaient de retour en lui, et plus forts encore qu'auparavant, comme s'ils se vengeaient d'avoir été étouffés trop longtemps.

Exaspéré, il avait décidé qu'une marche rapide sur la plage l'aiderait à remettre ses idées en place. Il avait à peine fait quelques pas qu'un serveur l'avait rejoint pour lui annoncer que Livia était partie à la découverte d'un bassin dans la forêt. Massimo avait acquiescé avant de reprendre sa marche, bien décidé à ignorer l'information. Dix pas plus loin, il s'était arrêté. Il imaginait Livia, seule et perdue au cœur de l'île. Il avait aussitôt fait demi-tour et rappelé le serveur.

Par chance, ce dernier savait exactement où se trouvait le bassin naturel. Grâce à ses explications, Massimo s'enfonça sans hésiter dans les ombres grandissantes de la forêt. Depuis combien de temps était-elle partie ? Elle avait dû quitter leur cottage deux heures plus tôt. Avait-elle seulement trouvé cette maudite piscine naturelle ? L'île était certes petite, néanmoins, la forêt était suffisamment vaste et dense pour qu'on s'y perde.

Entre les arbres, le ciel avait viré au rouge. Le soleil allait se coucher. Bientôt, la nuit tomberait. Massimo sentait la sueur couler dans son dos tandis que son cœur se serrait d'appréhension. Enfin, il parvint à la clairière qu'il cherchait et poussa un long soupir de soulagement en découvrant la silhouette de Livia. Assise au bord du bassin, elle semblait perdue dans la contemplation de l'eau.

Il sentit ses jambes trembler étrangement en s'approchant pour s'asseoir près d'elle. Un long moment s'étira avant qu'elle tourne le visage vers lui. Même dans la pénombre du crépuscule, il vit ses yeux rougis.

— Tu as pleuré ? demanda-t-il d'une voix rauque.

Pas une seule fois au cours de leur mariage il n'avait vu sa femme pleurer. Instinctivement, il passa un bras autour de ses épaules et la tint serrée contre lui. Elle s'accrocha à lui, mouillant son T-shirt de ses sanglots.

— Dis-moi ce qui ne va pas, pria-t-il en clignant vivement des paupières.

Depuis qu'il la connaissait, il avait davantage pressenti que réellement vu sa vulnérabilité, comme si elle avait été toujours attentive à la cacher. La voir ainsi débarrassée de toutes ses défenses le laissait désemparé…

Il n'eut pas le temps de répéter sa question car déjà, ses lèvres avaient trouvé les siennes. Elle l'embrassa avec une passion douloureuse qui eut raison de lui. Les larmes de Livia l'avaient atteint à un endroit de son cœur dont il ignorait jusqu'alors l'existence.

Dans les bras l'un de l'autre, ils se laissèrent glisser sur le sol, consumés l'un et l'autre par un désir si puissant qu'il avait anéanti toute raison. Avec les mêmes gestes impatients, ils se débarrassèrent de leurs vêtements. Leurs mains insatiables parcouraient leur peau brûlante et leurs langues se mêlaient lorsqu'il entra enfin en elle. Jamais Massimo n'avait ressenti un besoin aussi impérieux de lui faire l'amour, comme si son monde était sur le point de disparaître avec elle. Les gémissements de Livia étaient des sanglots, ses grondements à lui vibraient de désespoir.

Quand la jouissance les eut emportés, il ne resta plus que le désespoir. Son cœur battait douloureusement dans sa poitrine quand il s'écarta d'elle. Il fallait mettre un terme à cette folie. Leur histoire était finie ! Terminée ! Alors pourquoi la souffrance persistait-elle ainsi ? N'en avaient-ils pas assez de se faire du mal ?

Les secondes s'étirèrent dans un silence pesant jusqu'à ce qu'il roule sur le côté et se relève. Il remit ses vêtements en marmonnant :

— La nuit tombe. Il faut rentrer.

En silence, elle se rhabilla tandis qu'il sortait son téléphone pour en allumer la lampe. Elle était assez puissante pour les guider hors de la forêt épaisse, mais il prit soin de garder Livia tout près tandis qu'ils rebroussaient chemin.

Il résista cependant à l'envie de prendre sa main. Il ne devait plus la toucher. Ce soir, il dînerait seul et irait dormir dans un autre cottage, loin du leur. Loin de la tentation qu'elle représentait et à laquelle il ne parvenait pas à résister.

Ses larmes représentaient un mystère qui le torturait. Il était encore plus perturbant d'admettre à quel point lui aussi avait été près de laisser couler les siennes. C'était incompréhensible. Il n'avait pas pleuré depuis l'enfance.

Quand ils émergèrent de la forêt, les premières étoiles étaient apparues dans le ciel. Si seulement Massimo pouvait comprendre que leurs sentiments étaient aussi rares et précieux que la lueur de ces étoiles !

La marée montante avait recouvert une bonne partie de la côte. Livia s'assit sur le muret de pierre qui formait une digue à l'entrée de la plage. Elle n'avait aucune idée de l'heure qu'il était, mais elle se rendait bien compte, en revanche, qu'elle était en train de perdre la bataille pour sauver leur mariage. Elle était en train de le perdre, lui.

— Tu savais que j'étais tombée amoureuse de ta famille avant de tomber amoureuse de toi ? demanda-t-elle tout bas. Avant de les rencontrer, mon cœur était aussi dur qu'une pierre. J'avais dû m'endurcir et travailler pour m'échapper du Secondigliano et gagner ma vie tout en menant de front mes études. Quand j'ai obtenu ma place d'infirmière en oncologie, j'ai dû apprendre à garder une distance émotionnelle tout en conservant de la compassion pour mes patients et leur famille. Trouver cet équilibre était un combat de chaque instant.

À côté d'elle, Massimo se raidit et étendit ses longues jambes devant lui. Livia reprit :

— Ton grand-père est le premier patient auquel je me sois réellement attaché. Son foyer était si chaleureux ! Toutes ces photos de vous partout…

Elle poussa un soupir nostalgique au souvenir de ce qu'elle avait ressenti dans cette maison. Jimmy avait été le troisième patient atteint de cancer chez lequel elle avait été placée par l'agence privée pour laquelle elle travaillait.

— J'étais habituée à voir les membres de la famille du malade passer en coup de vent de temps à autre. Chez vous, c'était différent. Ta famille était toujours présente. Ils mangeaient avec lui, regardaient la télévision, lui lisaient des livres… Leur présence et leurs attentions remontaient le moral de Jimmy bien mieux que ne l'aurait fait n'importe quel traitement médical. L'amour qu'ils éprouvaient les uns pour les autres m'a ouvert les yeux. Grâce à eux, j'ai compris ce que le terme « famille » signifiait réellement. Cela voulait dire créer des liens d'amour, s'entraider, être présents les uns pour les autres. J'avais tellement envie de connaître cela ! Tu ne peux pas imaginer à quel point. Et puis, je t'ai rencontré…

Livia ferma les yeux en se rappelant l'émotion qui l'avait

envahie cette première nuit avec lui, quand elle s'était retrouvée entre ses bras. Elle sentait encore les battements sourds de son cœur contre son dos. Jamais, de toute sa vie, elle ne s'était autant sentie à sa place. Imaginer qu'elle ne retrouverait jamais ce sentiment lui faisait mal.

— Je suis tombée follement amoureuse de toi, soupira-t-elle. Quand tu m'as demandée en mariage, j'ai imaginé pour nous la même famille que la tienne. J'ai imaginé des bébés, des visites à tes parents, des rires… J'ai supposé que le détachement que tu avais vis-à-vis d'eux était la conséquence de ton célibat et du fait que tu vivais à l'autre bout du monde. J'ai pensé qu'une fois marié tu passerais plus de temps avec eux. Il m'a fallu un long moment pour comprendre que je m'étais bercée d'illusions.

Elle inspira profondément.

— J'aurais pu m'y faire, si seulement tu ne t'étais pas détaché de moi. Cela m'a terrifiée, Massimo. Je te voyais m'échapper. Je ne savais pas comment faire pour te ramener vers moi et ma réaction n'a fait qu'aggraver les choses. Je savais que tu réagissais mal à la confrontation mais j'ai insisté parce que je ne connaissais rien d'autre. Chez moi, grandir était réservé aux plus forts. Si quelqu'un te provoquait, il fallait l'affronter. J'ai appris à ne jamais montrer la moindre faiblesse, à ne jamais reculer. J'avais tant lutté pour devenir cette femme forte !

Ironiquement, son talent pour la confrontation et sa force étaient devenus des points faibles face à lui. Elle n'avait pas su sortir de ce cercle vicieux. Peu à peu, elle avait cessé de le soutenir dans son travail. Elle s'était presque montrée jalouse de son travail. Il s'était renfermé et, en réaction, elle était devenue insupportable et agressive.

De nouvelles larmes coulèrent sur ses joues sans qu'elle cherche à les retenir. Il n'y avait plus rien à cacher, désormais. Elle ne voulait plus de ces maudites protections qu'elle avait érigées autour d'elle.

— Je me rappelle quand nous sommes allés à cette cérémonie de remise de prix dont tu étais l'invité d'honneur. Je me suis retrouvée à discuter avec les autres épouses trophées…

— Je ne t'ai jamais considérée comme un trophée, l'interrompit-il durement.

— Pas au début, non. Mais la deuxième année, c'est ce que j'ai ressenti. L'une des femmes à qui je parlais ce soir-là m'a demandé combien tu avais eu d'aventures depuis notre mariage. Tu aurais dû voir son expression quand j'ai répondu « aucune » sans hésitation ! Tous les hommes riches ont des maîtresses, apparemment… Pas toi. Je n'ai jamais eu le moindre doute à ce propos. Même quand tu passais toutes ces nuits à ton bureau sans rentrer à la maison. J'aurais préféré être en compétition avec une autre femme, à vrai dire. Mais ta seule maîtresse a toujours été ton travail et j'ai fini par le détester. Je m'en veux d'être devenue aussi amère et exigeante, Massimo, parce que je suis persuadée que nous pourrions avoir le mariage dont nous avons rêvé…

— Justement, c'est tout le problème, répliqua-t-il d'un ton dur. Ce n'est pas ce que *je* veux. Nous avons essayé, Liv, seulement ce n'était pas assez à l'époque, et ça ne sera pas assez maintenant. Tu n'aimes peut-être pas voir ce que nous éprouvons réduit à une formule chimique, pourtant, ce que tu ressens maintenant n'est que la réactivation de ces mêmes substances depuis que…

— Je t'interdis ! le coupa-t-elle dans un sanglot. Ne me dis pas ce que je ressens ! Je sais ce que je ressens ! Je t'aime. Si tu as simplement arrêté de m'aimer, aie au moins le courage de l'assumer !

Il la regarda droit dans les yeux, puis rétorqua :

— Je ne sais pas si ce que j'ai ressenti pour toi était de l'amour. Je ne sais pas si c'était réel ! Je n'avais jamais rien vécu d'aussi fort auparavant, c'est vrai, mais tu dois comprendre que, même si c'était de l'amour, cela ne résout rien ! Les problèmes que nous avions n'auront pas disparu comme par magie et ils nous dévoreront à nouveau.

— Je ne vois pas pourquoi. Pas si nous sommes tous les deux prêts à faire des efforts…

Le tremblement dans sa voix lui serra le cœur cependant il se força à rester ferme et déterminé. Il agissait pour le mieux. Un jour, lorsque l'intensité de ce qu'ils avaient vécu ces derniers jours se serait calmée, elle aussi comprendrait que c'était la seule solution.

— C'est ainsi que je vois les choses, répondit-il. Je ne suis pas prêt à vivre ça une deuxième fois. Ça n'en vaut pas la peine.

Au moment où il prononçait ces mots, Massimo sentit son cœur se déchirer.

Il y eut un silence interminable jusqu'à ce qu'elle se lève brusquement. Elle fit quelques pas dans l'eau qui lui arriva bientôt à mi-cuisse. La lune s'était levée et donnait à sa silhouette des reflets d'argent.

— Tu sais ce que je ne comprends pas ? demanda-t-elle en tournant la tête par-dessus son épaule. Comment tu peux travailler si dur pour sauver le monde dans lequel nous vivons alors que tu ne veux profiter d'aucun des bonheurs qu'il a à offrir. Pas plus que je ne comprends comment tu peux concentrer tes efforts sur n'importe quel sujet et rencontrer le succès à chaque fois tout en refusant de mettre la moindre énergie pour sauver notre mariage.

— Un mariage n'est pas une entreprise !

— Tu as raison. Un mariage implique des sentiments. Une entreprise ne se préoccupera pas de ton état quand tu seras seul ou malade.

Elle fit volte-face et avança lentement vers lui. L'expression qu'il lut sur son visage le glaça jusqu'aux os.

— Tu peux croire que notre amour n'en vaut pas la peine ou même affirmer qu'il n'a peut-être pas existé. Moi, je sais que mon amour pour toi est tout ce qu'il y a de plus réel. Séparée de toi, j'avais l'impression qu'on m'avait arraché le cœur. Chaque jour, je luttais pour sortir de mon lit. Je ne comprends toujours pas comment j'ai fait pour donner le change devant ta famille ou Gianluca.

Au fur et à mesure qu'elle parlait, sa voix devenait aussi froide que son expression, et Massimo prit soudain peur sans en comprendre la raison.

— Je n'ai rien à dire concernant tes sentiments, ils n'appartiennent qu'à toi. En revanche, je t'interdis de te mentir à toi-même en prétendant que mon amour pour toi n'était pas aussi profond que je l'affirme. Tu étais mon univers, Massimo ! Mon Dieu, je ne vaux pas mieux que ma mère. Elle restait des heures assise à la table à manger, à se ronger les sangs en attendant que mon père rentre enfin.

Massimo avait vu le visage de Livia sous l'effet de la rage et de la fureur un nombre incalculable de fois au cours de leur mariage. Jamais cependant il n'y avait lu du mépris avant cet instant.

— Et toi, tu es exactement comme mon père, ajouta-t-elle.

Cette fois, ce fut lui qui sentit une vague de colère l'envahir. Elle n'aurait pu lui jeter pire insulte au visage !

— Ne me compare pas à cet homme !

— Si ! Parce que pour lui, son travail passait avant tout le reste. Comme pour toi.

Massimo se leva d'un bond et se pencha vers elle pour assener froidement :

— Ton père a été tué dans une fusillade entre mafiosi. Voilà ce qu'était son travail ! Et tu oses le comparer au mien ? Ce que je fais pourrait sauver la planète !

— Et c'est tout ce qui t'importe, répliqua-t-elle du même ton froid et calme. Ton œuvre. Ton travail. Au moins, mon père aimait sa famille, lui !

— Aimait ? Tu oses prétendre qu'il ressentait de l'amour ? s'écria-t-il dans un rire incrédule. Il te terrifiait !

— Oui, parce que c'était un criminel capable des

pires horreurs, mais même les monstres peuvent aimer leur famille. Il nous aimait et il n'avait pas peur de nous le montrer, mais toi… Tu rejettes tous ceux qui t'aiment. Tu veux savoir pourquoi je me suis coupé les cheveux ?

Toujours aussi calme, elle se retourna et souleva les mèches pour lui révéler sa nuque… totalement chauve. Il cessa de respirer, incapable de contrôler la tempête d'émotions qui l'envahissait.

— Alopécie due au stress, expliqua-t-elle en relâchant ses cheveux avant de lui faire face. Je les ai fait couper et colorer la semaine dernière, parce que mon orgueil ne supportait pas l'idée que tu saches à quel point j'avais souffert depuis notre séparation. J'essayais de me prouver que j'avais dépassé tout cela. Je me faisais des illusions. Je le sais maintenant, sans l'ombre d'un doute, parce que tu viens de tuer tout l'amour que j'avais pour toi…

— Livia…

— Non, je ne veux plus entendre tes excuses, le coupa-t-elle avec un regard dur. Je refuse de perdre une once d'énergie supplémentaire pour un homme qui n'a jamais voulu me consacrer un centième de ce qu'il donne à son travail. Profite du reste de ta vie – je te souhaite de tout cœur d'être heureux avec ton entreprise.

13.

Le voyage du retour fut mille fois plus dur à supporter que l'aller. Livia avait fini par décider, à contrecœur, qu'elle rentrerait malgré tout avec Massimo, car cela lui prendrait moins de temps, or elle voulait retrouver au plus vite Gianluca.

Depuis qu'elle s'était éloignée de lui sur la plage, la veille, elle avait gardé ses émotions pour elle, refusant obstinément de céder au désespoir.

Sa colère n'était dirigée que contre elle-même. Elle s'était réellement montrée lamentable, pas seulement pendant son mariage, mais aussi après. Elle aurait dû reprendre le cours de sa vie, lui redonner un sens, au lieu d'entretenir ses sentiments pour Massimo.

Pendant le premier vol à destination de l'aéroport de Nadi, elle ne lui avait pas jeté un regard et avait rejeté ses rares tentatives de discussion. Arrivée dans son jet, elle avait pris le même siège qu'à l'aller, planté ses écouteurs dans ses oreilles et monté le paravent de protection. La seule bonne nouvelle était que Massimo n'irait que jusqu'à LA avec elle. De là, il rejoindrait directement son bureau adoré.

Une hôtesse vint lui demander si elle voulait quelque chose à manger et elle se força à avaler la baguette croustillante accompagnée de fromage et de jambon. Elle refusait de laisser son chagrin lui couper l'appétit.

Quand ils atterrirent à LA et qu'il se mit à ranger ses affaires, elle ne tourna pas une seule fois la tête vers lui.

— Prends soin de toi, murmura-t-il.

Un instant plus tard, il avait disparu et elle relâcha enfin le souffle qu'elle retenait.

Elle s'efforça de ne pas vaciller en rejoignant le salon privé de l'aéroport, escortée par un employé. Elle n'avait plus à s'inquiéter de tomber sur Massimo : il devait déjà être dans sa voiture.

Quand les portes du salon s'ouvrirent, elle manqua défaillir. Il l'attendait sur le seuil, plus pâle qu'elle ne l'avait jamais vu. Elle sut ce qui n'allait pas avant même qu'il ouvre la bouche.

— Mon grand-père a fait un malaise, ils ne savent pas s'il va s'en sortir.

La seule lumière de la pièce provenait des machines qui entouraient le corps décharné de son grand-père. Les bips incessants lui vrillaient le cerveau.

Massimo avait approché le fauteuil aussi près que possible du lit. Ses parents dormaient dans une autre chambre au bout du couloir, tandis que Madeline était rentrée dormir chez elle en lui faisant promettre de l'appeler en cas de changement.

Mais rien n'avait changé au cours des deux derniers jours. Rien sinon que le cœur de Jimmy faiblissait peu à peu. Il était en train de mourir. Sa chambre avait été aménagée en chambre de soins palliatifs et il ne semblait pas souffrir. La porte s'ouvrit. Massimo n'eut pas besoin de tourner la tête pour savoir que c'était Livia.

— Tiens, un chocolat chaud, dit-elle doucement en plaçant une tasse dans sa main.

Il marmonna un vague merci. Elle déposa sa propre tasse sur une table d'appoint et prit le thermomètre près du lit pour le passer doucement sur le front de Jimmy. Elle vérifia les machines une à une avant de tirer le second fauteuil près du sien.

— Il ne souffre pas, c'est le plus important.

Massimo hocha la tête. Depuis deux jours, Livia n'avait quitté les lieux qu'une seule fois pour aller voir si Gianluca allait bien. Il ne pourrait jamais trouver les mots pour lui exprimer sa reconnaissance. Son calme, son efficacité, sa compassion apaisaient les nerfs de tout le monde. Elle aurait facilement pu réserver sa gentillesse à sa famille et se contenter de l'ignorer, lui, elle ne l'avait pas fait.

— Comment vas-tu ? demanda-t-elle.

Il haussa les épaules, incapable de répondre à cette question.

— Tu as mangé ?

— Je n'ai pas faim.

Elle posa une main sur la sienne pour la serrer doucement. Ce contact ne dura pas plus d'une seconde mais suffit à le réchauffer.

Livia lui tint compagnie pendant l'heure qui suivit. Elle ne parlait pas mais son silence lui était doux. Quand elle partit pour aller se reposer, toute la chaleur de la pièce sembla disparaître avec elle. Le temps s'étira lentement. Au bout d'un moment, la lueur de l'aurore perça à travers les rideaux.

Massimo se leva pour se dégourdir les jambes et fit le tour de la pièce. Sur une table, sa mère avait disposé des dizaines de photographies. Il prit celle du mariage de ses grands-parents et sourit tristement devant leurs visages rieurs. Ils semblaient si heureux ! Si amoureux…

Jimmy et Elizabeth s'étaient rencontrés pendant le déploiement de Jimmy au cours de la Seconde Guerre mondiale. Sa grand-mère, issue d'une riche famille anglaise, avait travaillé pour les services secrets de la reine. Ils étaient tombés amoureux et Jimmy l'avait épousée. Seulement, sa peau trop sombre n'avait pas plu à ses beaux-parents qui avaient déshérité leur fille. Les jeunes mariés ne s'étaient pas laissé abattre. Ils avaient fait de leur mieux pour élever leur fille, Sera, qui était leur joie et leur fierté. Quand cette dernière avait épousé un Italien, ils n'avaient pas hésité un instant à les suivre dans le pays de Gianni.

Massimo essaya d'imaginer les défis qu'ils avaient dû relever en tant que couple mixte. Malgré les obstacles, ils étaient restés soudés et leur amour avait perduré. D'ailleurs, il n'avait jamais cru que le cancer de Jimmy, diagnostiqué un an après le décès de sa grand-mère, ait été une coïncidence.

Sa main tremblait quand il reposa la photographie. Ses doigts effleurèrent le cadre posé juste à côté, celui-là même qu'il avait tout fait pour ignorer ces deux derniers jours. Cette fois, il le prit à son tour. C'était la photo de son mariage. Livia et lui étaient au centre, entourés par sa famille. Le sourire de sa femme irradiait et la même joie se lisait sur son visage. La photo ne montrait pas que Livia lui avait pincé les fesses juste à ce moment-là…

Dans le lit, Jimmy fut soudain pris d'une quinte de toux. Aussitôt, Massimo alla à son chevet et lui prit la main. Jimmy lui sourit, un sourire plein d'amour qui l'emplit de fierté. Massimo ne comprit qu'il pleurait que lorsqu'une larme tomba sur leurs mains jointes. Son grand-père referma les yeux et ne les rouvrit plus.

Trois heures plus tard, entouré de tous les siens, Jimmy Seibua poussa son dernier soupir.

Livia s'adossa au comptoir de la cuisine immaculée en regrettant qu'il n'y ait plus aucune poussière à enlever. Il lui fallait trouver autre chose pour s'occuper. Elle se sentait affreusement mal.

Pendant la messe en l'honneur de Jimmy, elle était restée assise près de son frère qui lui avait tenu la main en lui passant des mouchoirs. Elle lui était infiniment reconnaissante de son attention, hélas, son cœur aurait préféré que ce soit la main de Massimo qui serre la sienne.

Stupide cœur ! Un jour, il la laisserait en paix et elle pourrait passer à autre chose. D'ici là, elle devait se montrer patiente et supporter la douleur de l'avoir près d'elle. Qu'aurait-elle pu faire d'autre ? La famille de Massimo avait réclamé sa présence pour les derniers jours de Jimmy et elle n'aurait pour rien au monde manqué d'assister le vieil homme qui lui avait offert son trésor le plus précieux : une famille.

La réception qui avait suivi la messe se tenait dans le jardin de Gianni et Sera. Après une heure passée à échanger des souvenirs de Jimmy, Livia s'était échappée pour se réfugier dans la cuisine qu'elle venait de récurer de fond en comble. Les proches de Massimo savaient à présent qu'ils allaient divorcer. Chacun, tour à tour, lui avait glissé que leur mariage ne regardait qu'eux, mais que, divorce ou non, elle ferait toujours partie de la famille à leurs yeux. Elle aurait tant voulu que ce soit vrai ! Et que cet au revoir ne soit pas un adieu définitif !

Seulement, elle avait besoin d'une rupture nette. Elle ne pourrait jamais aller de l'avant si la famille de Massimo continuait de prendre une telle place dans sa vie, entretenant le souvenir constant de ce qu'elle avait perdu.

Aussi espérait-elle de tout son cœur qu'ils comprendraient son éloignement et pourraient lui pardonner.

— Qu'est-ce que tu fais ?

Elle leva les yeux pour découvrir Massimo à la porte de la cuisine. Il avait perdu du poids et son costume était un peu large à la taille. Il n'avait pas fait un seul vrai repas depuis leur départ de Seibua.

— Je range un peu.

— Tu n'as pas besoin de faire ça.

Elle haussa les épaules en regardant par terre, car cela faisait trop mal de le regarder, lui.

— J'en avais envie.

Massimo tira la porte dans son dos, les yeux rivés sur elle.

— Je voulais te remercier.

— Pourquoi ?

— Pour ce que tu as fait pour Jimmy… et pour le soutien que tu as apporté à ma famille.

Elle secoua la tête comme si elle ne mesurait absolument pas à quel point sa présence avait compté la semaine passée.

À chaque fois qu'il repensait à leur dernière conversation sur l'île, son ventre se nouait. Il l'avait profondément blessée, il le savait. Elle avait exposé son cœur et abandonné son orgueil pour leur donner une chance et il avait anéanti ses efforts en affirmant que leur histoire ne valait pas la peine de se battre.

Pourtant, elle était toujours là, offrant l'aide et le soutien qu'il avait fini par tenir pour acquis. Il s'était mis à avoir si peur de ses propres sentiments qu'il en avait oublié à quel point c'était bon de rentrer chez lui et de se blottir entre ses bras en lui racontant les défis de sa journée.

Il avait commis tant d'erreurs… Il l'avait punie, elle, pour ses propres erreurs. Il l'avait repoussée, s'était tenu à distance à chaque fois qu'il aurait dû la prendre dans ses bras en lui répétant qu'il l'aimait.

Après le service funéraire, Livia s'était mise dans la file des invités venus présenter leurs condoléances alors qu'elle aurait dû être à ses côtés pour les recevoir. Tout était plus facile à supporter avec elle auprès de lui. Cela aussi, il avait fini par l'oublier.

— Quand est-ce que tu rentres ? demanda-t-elle en brisant le silence.

— Ce soir.

— Et le prototype ?

— J'ai reporté le test à mon retour.

Elle hocha la tête sans qu'il sache comment l'interpréter.

— Rentre avec moi.

Le murmure lui avait échappé avant qu'il puisse le retenir.

— Pardon ?

Massimo appuya la tête contre la porte et ferma les yeux sous l'effet d'une lucidité aveuglante.

— Rentre avec moi. À Los Angeles.

Elle le fixait, les yeux écarquillés, les lèvres entrouvertes.

— Ce que j'ai dit à Seibua… Je ne le pensais pas.

— Tu avais pourtant l'air convaincu, répliqua-t-elle tout bas.

— Je t'aime.

Comme il prononçait ces mots, il sentit son cœur se contracter dans sa poitrine.

— Non.

Sa voix claqua comme une balle à travers les murs de la cuisine.

— Livia, je…

— Je ne veux pas l'entendre ! Je refuse d'être le baume à ton chagrin. Je ne peux pas, Massimo…

La douleur qu'il lut dans son regard le glaça jusqu'aux os.

— Ça n'a rien à voir avec mon chagrin. J'ai été…

— Je ne veux plus entendre un seul de tes mensonges, dit-elle en se tournant vers le comptoir pour récupérer son sac à main.

Quand ses yeux revinrent sur lui, ils étaient dénués de toute émotion.

— Je m'en vais, annonça-t-elle.

Il s'écarta pour la laisser passer et elle sortit sans un regard vers lui. Quand ses pas moururent au bout du couloir et qu'il ne resta d'elle que l'effluve de son parfum, ses genoux l'abandonnèrent et il se laissa glisser au sol. La tête dans les mains, il se maudit pour son aveuglement et sa stupidité jusqu'à ce que le désespoir ait raison de lui. Alors, il envoya son poing dans la porte.

Il comprenait enfin les mots prononcés par son grand-père le soir de son anniversaire, quand il avait dit ne rien regretter parce qu'il avait vraiment vécu.

Alors, pour la première fois depuis l'enfance, Massimo laissa les larmes qui lui brûlaient la poitrine couler sur ses joues. Il commençait à comprendre qu'il ne se sentait jamais aussi vivant que lorsque Livia était avec lui. Elle avait amené de la joie et de l'amour dans son cœur froid. Elle lui avait montré la voie pour échapper à l'obscurité dans laquelle il s'était peu à peu enfoncé.

Livia entra chez elle avec les sacs de course et ferma la porte d'un coup de reins. Aussitôt, le silence qui régnait dans l'appartement la pétrifia. Depuis qu'elle était rentrée des funérailles de Jimmy, deux semaines plus tôt, le son de la console de jeux de Gianluca résonnait constamment entre les murs. C'était devenu la musique de sa vie. Elle ne s'en plaignait pas. Elle avait besoin de ce bruit pour la distraire de ses pensées.

— Gianluca ?

Son frère apparut comme elle déposait les sacs sur le comptoir.

— Devine quoi ? lança-t-il avec un immense sourire en agitant son téléphone.

— Quoi ?

— Massimo m'a donné un job !

Le nom lui fit l'effet d'une douche glacée, comme à chaque fois que son frère le prononçait, inconscient de la violence que cela représentait pour elle. Elle reprit contenance avant de demander :

— Un travail ? Pour lui ? Tu comptes déménager aux États-Unis ?

Son sourire s'élargit encore.

— Tu ne vas pas te débarrasser de moi si facilement ! Il compte ouvrir des bureaux européens ici, à Rome, et il m'a proposé un job dans son équipe de sécurité.

— Il ouvre des bureaux *ici* ?

Gianluca eut au moins la décence de paraître embarrassé.

— Il m'a parlé de ses plans le soir de l'enterrement de

son grand-père, après ton départ. Je suis désolé, il m'a dit de ne pas t'en parler tant que ce ne serait pas confirmé.

Livia avait été si pressée de partir ce soir-là qu'elle n'avait même pas prévenu Gianluca. Apparemment, cela ne l'avait pas dérangé puisqu'il avait passé la soirée à boire du bourbon avec Massimo.

— Il t'a demandé de me cacher quelque chose ?

— Non, non, juste de rester discret tant qu'il n'était pas certain de pouvoir lancer l'affaire. Alors je n'ai rien dit !

Elle se força à esquisser un sourire.

— Je… C'est génial ! Félicitations ! Je ne savais pas que vous étiez encore en contact, tous les deux.

Elle aurait dû s'en douter. Depuis que Massimo l'avait fait sortir du Secondigliano, Gianluca parlait de lui comme d'un héros. Elle avait dû supporter de l'entendre répéter à quel point son mari était un homme incroyable. Malgré sa frustration, elle avait serré les dents, car si son frère vouait un culte à quelqu'un, autant que ce soit à Massimo qui était un bien meilleur modèle que tous les autres hommes de leur connaissance.

— Il va également me payer des cours pour que j'améliore mes qualifications. Il a dit que si je travaillais dur je pourrais un jour diriger son service de sécurité.

— C'est vraiment génial, répéta-t-elle, toujours sous le choc.

Ça l'était vraiment. Jusque-là, elle avait fait de son mieux pour ne pas trop s'inquiéter de voir son frère passer des heures devant sa console sans chercher de travail. Elle comptait lui laisser un mois pour s'acclimater avant de mettre le sujet sur la table. Le geste de Massimo était d'autant plus généreux qu'il savait mieux que personne à quel point Gianluca pouvait être difficile à gérer. En contrepartie, la joie de vivre et l'enthousiasme de jeune chiot de son frère apaisaient en partie son chagrin.

Livia sortit d'un des sacs le paquet de tagliatelles fraîches qu'elle venait d'acheter et le lui lança.

— Mets l'eau à chauffer, s'il te plaît. Il y a des épinards et de la ricotta aussi. Je te laisse préparer le repas et je retourne au magasin acheter du prosecco pour fêter ça !

Elle sortit rapidement de l'appartement en refermant la porte sur les protestations de son frère qui affirmait ne pas savoir faire cuire des pâtes. Dès qu'elle fut seule, son sourire disparut.

Massimo voulait s'installer ici ? Dans la ville où elle vivait ? Cette ville qu'il avait évitée pendant toute la durée de leur mariage ! Il avait un jour vaguement parlé d'ouvrir des bureaux à Londres, rien de plus. Il n'en avait pas dit un mot à Seibua.

Non ! Elle refusait de penser aux Fidji. À chaque fois qu'un souvenir remontait à la surface, la nausée la reprenait. Malheureusement, sa mémoire était souvent plus forte que sa volonté et elle était sans cesse prise de malaises. Comme elle passait devant un restaurant, un client ouvrit la porte et les arômes de viande grillée l'assaillirent. La nausée devint si violente qu'elle dut s'appuyer contre un mur.

Elle respira lentement, jusqu'à ce que le malaise finisse par refluer. Comme elle levait les yeux, son regard tomba sur la croix en néon vert d'une pharmacie. Livia se figea, tandis que la vérité se faisait peu à peu jour en elle.

Comme un automate, elle traversa la rue pour entrer dans la pharmacie. Elle avait arrêté de prendre sa pilule quand elle avait quitté Massimo et ils n'avaient pas utilisé de préservatifs aux Fidji. Comment était-ce possible ? Elle n'avait jamais oublié sa pilule pendant leur vie commune !

Deux minutes plus tard, elle sortait de la pharmacie avec un test de grossesse. Elle rentra directement à l'appartement, sans plus songer au prosecco. Après avoir donné un billet à Gianluca – qui avait fait brûler les tagliatelles – pour qu'il se charge du vin et du repas, elle monta s'enfermer dans la salle de bains.

Un instant plus tard, Livia sentit sa vision se troubler. Gianluca boirait le prosecco seul. Le test était sans ambiguïté : elle était enceinte.

Prise de vertige, elle fit ce que son instinct lui commandait. D'une main tremblante, elle récupéra son téléphone dans son sac et composa le numéro de Massimo. Il répondit à la troisième sonnerie.

— Liv ?

Le son de sa voix lui tordit douloureusement le cœur et des larmes emplirent aussitôt ses yeux. Elle serra fort les paupières.

— Livia ? Tu es là ? Qu'est-ce qui se passe ?

Elle entendit à peine son propre murmure tant ses oreilles bourdonnaient.

— Je suis enceinte.

14.

La sonnerie qui retentit à la porte ne fit qu'accroître le mal de tête de Livia.

— Si c'est pour moi, dis que je ne suis pas là ! cria-t-elle à son frère qui jouait sur sa console dans le salon.

Par chance, Gianluca était un adolescent centré sur sa petite personne et il n'avait pas songé à lui poser de questions quand elle avait refusé le verre de vin qu'il lui offrait. Il n'avait pas plus remarqué qu'elle grignotait à peine le plat à emporter qu'il avait pris et n'avait pas trouvé étrange qu'elle annonce tout de suite après le repas qu'elle allait se coucher.

La sonnette retentit une seconde fois. Livia posa l'oreiller sur sa tête pour couvrir ses oreilles. Elle se laissait une nuit pour se vautrer dans l'auto-apitoiement. Les circonstances le justifiaient, après tout…

Pourtant, tout au fond d'elle, Livia sentait naître un frisson d'excitation. Décidant que s'étouffer sous un oreiller n'était sans doute pas recommandé pour le bébé, elle le reposa sous sa tête et fixa le plafond. Rien n'avait changé en apparence, pourtant, une vie grandissait en elle. Une vie créée par elle et Massimo.

Elle n'arrivait pas à décider si le destin se montrait cruel ou doux. Avec une volonté de fer, elle était parvenue à garder le sourire, faisant son possible pour reprendre pied. Au moment où elle trouvait enfin la force d'avancer dans sa vie, voilà que cet enfant annonçait sa venue ! Elle ne serait jamais libérée de Massimo, désormais.

Cependant, au fond d'elle, son cœur n'avait pas commencé à guérir. Elle frissonnait en permanence. Le soleil pouvait briller tant qu'il voulait, sa caresse ne parvenait plus à réchauffer sa peau glacée.

Un coup frappé à la porte de sa chambre la tira brusquement de ses pensées.

Elle s'assit, s'attendant à trouver Gianluca. Mais ce ne fut pas lui qui entra dans la pièce.

— Que fais-tu ici ? murmura-t-elle.

Massimo referma la porte derrière lui et contempla la femme qu'il aimait assise au milieu de son lit telle une princesse de conte de fées. Il but chaque détail de ce visage qui lui avait tant manqué.

— Tu croyais que m'annoncer que tu attendais un enfant ne me ferait pas venir aussitôt ?

Son expression de confusion s'intensifia.

— Et quoi ? Tu as la capacité de te téléporter ? Je t'ai prévenu il y a seulement deux heures !

— Je serais venu plus tôt, mais je n'arrivais plus à retrouver mes clés de voiture et j'avais déjà renvoyé le chauffeur pour la soirée. J'ai dû venir à pied.

— Mais… Tu étais à Rome ? s'exclama-t-elle en comprenant enfin qu'il ne venait pas de traverser l'Atlantique en deux heures.

— Je n'en suis jamais reparti.

Avec un grand sourire, il retira sa veste sans la quitter du regard. C'était si bon de la voir ! La savoir dans la même ville, à quelques kilomètres de lui, sans pouvoir être avec elle le rendait fou. Il fit un pas vers elle.

— J'ai acheté une maison ici.

Elle se recula précipitamment, comme si elle avait peur qu'il la touche.

— Quand ?

— La vente a été finalisée hier. Je voulais attendre encore un peu que tout se mette en place avant de venir te l'annoncer.

La méfiance qu'il lisait dans son regard lui faisait mal au cœur.

— Pourquoi ?

— Pour te demander ce qu'il faudrait pour te convaincre que je t'aime et que tu peux me faire confiance.

Depuis la révélation qui l'avait frappé le soir de l'enterrement de Jimmy, il avait beaucoup réfléchi. Tout ce que Livia avait dit à son propos lui semblait à présent criant de vérité. Il maintenait les autres à l'écart. Livia était la seule qu'il avait laissée entrer dans son intimité, mais dès l'instant où il avait senti son cœur s'ouvrir pour elle, il avait fait en sorte de la tenir éloignée.

Il avait tellement pris l'habitude de tout faire par lui-même, de ne compter que sur lui-même, qu'il s'était convaincu que c'était la seule manière de vivre. Il avait tellement pris l'habitude de transformer tout ce qu'il touchait en or qu'il avait rendu Livia responsable des premières erreurs de sa carrière, en oubliant qu'il était tout simplement humain.

Elle avait apporté de la joie et de la légèreté dans sa vie et, comme un idiot, il lui avait tourné le dos !

Il n'avait pas mieux agi avec ses parents. Il s'était montré arrogant et condescendant envers leurs choix de vie. Il avait pris leur affection et leur amour pour acquis, sans jamais mesurer leurs sacrifices. Leur affection.

Massimo ne s'était pas contenté de penser au cours des deux dernières semaines, il était aussi passé à l'action.

Son but était clair : faire revenir Livia dans sa vie. Aussi avait-il tout mis en œuvre pour reconstruire la confiance qu'il avait détruite, par des actes plutôt que par des mots.

— Ne recommence pas, je t'en prie, murmura Livia. Je te l'ai dit, c'est trop tard. Je suis passée à autre chose.

— Ce n'est pas ce que pense la nature, sinon tu ne serais pas enceinte.

— La nature est joueuse, voilà tout !

— En effet…

Elle posa le menton sur ses genoux et le regarda par en dessous.

— Alors tu es content ?

— Que nous ayons un bébé ensemble ? Liv, il n'y a qu'une seule chose qui pourrait me rendre plus heureux encore, mais je vais y venir… Pourquoi ne m'as-tu pas prévenu que tu avais arrêté la pilule ?

Il vit ses joues s'embraser.

— Je n'y ai juste pas pensé.

— Pas plus que je n'ai pensé à te le demander.

D'un air nonchalant, il retira son T-shirt.

— Qu'est-ce que tu fais ? demanda-t-elle, la voix inquiète mais une lueur dans le regard.

— Je veux te montrer quelque chose.

Il jeta le T-shirt au sol, se débarrassa de ses chaussures et grimpa sur le lit. Il prit sa main pour la poser sur son biceps gauche et, les yeux dans les siens, il expliqua :

— Les pointes de lance sur mon tatouage… Elles représentent entre autres la volonté. Je les ai fait faire pour me souvenir de rester fort. J'en avais besoin après ton départ, pour ne pas te supplier de revenir.

Il déplaça sa main menue au-dessus de son cœur.

— Je t'ai épousée parce que je n'avais pas d'autre choix. La puissance de notre attraction était trop forte. Je savais que mes sentiments pour toi n'avaient rien de superficiel et je supposais qu'il s'agissait d'amour, cependant je n'avais jamais imaginé qu'ils puissent encore grandir. Je ne savais pas que tu allais devenir ma raison de vivre, Livia. Quand tu es partie, j'ai eu la sensation d'être libéré de ma propre folie parce que ces sentiments m'effrayaient. Je me suis jeté à corps perdu dans le travail et j'aurais préféré me tuer à la tâche plutôt que de m'arrêter une seule seconde au risque de laisser la douleur que m'avait causée ton départ parvenir à ma conscience.

De sa main libre, il caressa ses boucles soyeuses.

— Je suis désolé de t'avoir mise à l'écart. De t'avoir rejetée. Je suis désolé d'avoir refusé ton amour et d'avoir nié tout ce qui existait entre nous. Je suis désolé pour chaque seconde où je t'ai fait du mal.

Elle ouvrit la bouche, mais il posa un doigt sur ses lèvres.

— Je suis désolé de n'avoir rien fait alors que je savais à quel point tu étais malheureuse quand nous étions à LA.

— Non, ce n'est pas ta faute. Je suis aussi responsable de ma solitude. J'aurais dû sortir davantage, prendre des cours d'anglais, d'art… N'importe quoi qui m'aurait incitée à sortir de la maison. Je n'aurais jamais dû dépendre de toi pour être heureuse et épanouie.

Cette phrase lui rappela une question qu'il avait voulu lui poser sur l'île.

— Au fait, tu as pris des cours d'anglais depuis notre séparation ?

— Oui, j'ai commencé une formation en ligne. Je ne suis pas allée très loin. Ma tête n'était pas très efficace.

Il caressa sa pommette du pouce, le cœur gonflé d'émotion.

— J'aurais pu faire tant de choses pour te faciliter la vie ! Si tu reviens auprès de moi, je te jure que notre quotidien sera différent. Pour commencer, je rentre m'installer définitivement en Italie.

Son regard effarouché croisa le sien, mais il vit au fond des iris sombres une fragile lueur qui lui donna de l'espoir.

— Tout ce que tu as dit sur l'île était vrai, Liv, y compris à propos de ma famille. Comment pourrais-je construire une véritable relation avec eux en vivant à des milliers de kilomètres ?

— Est-ce pour cette raison que tu installes des bureaux à Rome ? Gianluca m'en a parlé.

Il hocha la tête et prit son visage en coupe dans ses mains.

— En partie. Mais je rentre surtout pour toi, Liv. Ta vie est ici et la mienne est avec toi… Si tu l'acceptes. Je ne veux rien d'autre qu'être à tes côtés. Il a fallu que je te perde pour comprendre à quel point j'ai besoin de toi.

Il sentit une larme glisser sur ses doigts.

— Pourquoi devrais-je te croire maintenant ?

Livia était paralysée par la peur. Son cœur avait été blessé tant de fois qu'il ne parvenait plus à s'ouvrir de nouveau.

— Parce que je suis enfin lucide. Je veux que notre mariage soit un succès, plus que tout au monde, Livia. Tu es ma priorité maintenant et pour toujours… toi et le bébé.

Il lui adressa un sourire incertain, comme s'il n'arrivait pas encore à croire qu'il allait être père.

— La nouvelle de ta grossesse m'a fait revenir près de toi plus tôt que je ne le pensais. J'avais encore besoin de quelques jours pour la confirmation de la vente de la maison de LA. Celle que j'ai achetée ici, à Rome, est à ton nom. J'espère seulement que tu me laisseras la partager avec toi. Sinon, elle est à toi. Pour être tout à fait honnête, j'aurai besoin d'une base en Californie, aussi j'aimerais que tu viennes avec moi choisir une maison qui nous conviendra à tous les deux, dans laquelle tu te sentes chez toi. J'ai tant d'espoirs, Liv, mais quoi qu'il advienne, le choix te revient.

— Et si je dis non ? murmura-t-elle.

Il ferma les yeux et déglutit.

— Alors je ne pourrai blâmer personne d'autre que moi. Et je serai heureux quoi qu'il arrive d'avoir un enfant avec toi. Je te demande seulement de me laisser être un père pour notre bébé.

Livia ravala les larmes qui lui montaient aux yeux.

— Laisse-moi répéter tout ça pour voir si j'ai tout compris : en l'espace de deux semaines, tu m'as acheté une maison, tu as acheté des bureaux à Rome, tu as offert un job à mon frère délinquant et tu as mis la maison de LA en vente. C'est bien ça ? J'oublie quelque chose ?

— C'est à peu près tout, je crois.

— Et tu as fait tout ça… pour moi ?

Il se pencha et déposa un baiser sur le bout de son nez.

— Tu es ma vie, Livia. Tout ce que j'ai est à toi.

Le cœur plus épanoui encore, elle blottit le visage dans son cou avant de poser les lèvres sur les siennes.

— J'ai besoin que tu me promettes quelque chose.

— N'importe quoi…

Elle crispa les mains sur ses épaules.

— Ne me repousse plus jamais…

— Plus jamais, promit-il. Est-ce que ça veut dire… ?

Un lent sourire de bonheur monta à ses lèvres.

— Ça veut dire oui. À tout.

Ses yeux dans les siens étaient inquisiteurs.

— Crois-tu que tu pourras m'aimer à nouveau, un jour ?

Elle l'embrassa sur les lèvres et garda sa bouche contre la sienne pour s'emplir de son odeur qu'elle avait cru ne plus jamais savourer.

— Massimo, tu es gravé dans mon cœur. Je t'aime depuis le premier instant et je t'aimerai jusqu'à ma mort.

Un long moment après, nus et comblés, ils étaient enlacés dans les bras l'un de l'autre lorsque Massimo sortit de sa rêverie.

— Nous allons avoir un bébé ! s'exclama-t-il soudain.

Livia rit doucement et posa les lèvres sur son torse.

— En effet !

— Est-ce que je t'ai dit combien je t'aimais ?

— Hum… Pas assez récemment à mon goût…

Épilogue

Livia se tenait sur la terrasse du cottage, les mains appuyées sur la balustrade, absorbée par le spectacle grandiose du déluge qui s'abattait sur la mer. Depuis son point de vue, elle pouvait admirer une bonne partie de l'île de Seibua.

Au loin, elle vit l'un des membres du personnel de l'île courir sous la pluie, les bras en l'air. Un sourire lui monta aux lèvres devant cette exubérance. Si la petite Sera n'avait pas été endormie dans son berceau, elle aussi serait sortie pour profiter de l'averse tropicale.

Massimo la trouvait un peu folle d'aimer à ce point la saison des pluies. Il ne savourait pas autant qu'elle cette période pourtant exceptionnelle. Les parfums des fleurs… Les arcs-en-ciel qui traversaient le ciel dès qu'un rayon de soleil perçait les nuages… Elle espérait d'ailleurs en voir un apparaître d'un instant à l'autre.

La vibration de son téléphone la tira de sa rêverie. Elle le sortit de la poche arrière de son short et leva les yeux au ciel en lisant la blague que son frère venait de lui envoyer. Elle répondit aussitôt qu'il ferait mieux de travailler et reçut une réponse indignée précisant que même les oiseaux n'étaient pas encore levés à Rome.

Un sourire aux lèvres, elle rangea le téléphone pour revenir à sa contemplation des environs. Un peu plus loin, Sera sortit la tête hors de son bungalow pour la rentrer aussitôt. Massimo n'était pas le seul à la trouver folle d'aimer autant la saison des pluies. Personne ne comprenait comme elle à quel point l'eau était magique. Sans elle, il n'y aurait ni arcs-en-ciel ni ces merveilleuses couleurs dont elle s'emplissait les yeux.

Soudain, elle vit leur fils de trois ans s'échapper du bungalow de ses grands-parents pour aller danser sous la pluie comme il l'avait si souvent vue faire. De loin, il l'aperçut et agita son petit bras dans sa direction. Elle rit en voyant Massimo apparaître derrière le petit Jimmy et le soulever dans ses bras.

Même à cette distance, elle pouvait entendre leurs rires, et son cœur se gonfla de joie. Au même instant, au-dessus de leur danse folle, le soleil perça les nuages et un arc-en-ciel apparut.

Livia eut la sensation qu'il ne brillait que pour eux.

Vous avez aimé *Retrouvailles aux Fidji* ?
Retrouvez en numérique l'intégrale de votre série
« Passion au paradis » :

1. *Nuit de noces en Grèce*
2. *Scandale à Madrid*
3. *Mariage en mer Égée*
4. *Une danse à Venise*
5. *Séduction cubaine*
6. *Retrouvailles aux Fidji*